COLLECTION FOLIO

Philippe Delerm

Le buveur de temps

Gallimard

Philippe Delerm est né le 27 novembre 1950 à Auvers-sur-Oise. Ses parents étaient instituteurs et il a passé son enfance dans des « maisons d'école » à Auvers, à Louveciennes, à Saint-Germain.

Après des études de lettres, il enseigne en Normandie où il vit depuis 1975. Il a reçu le prix Alain-Fournier 1990 pour *Autumn* (Folio n° 3166) le prix Grandgousier 1997, pour *La Première Gorgée de bière et autres plaisirs minuscules*, le prix des Libraires 1997 et le prix national des Bibliothécaires 1997 pour *Sundborn ou les jours de lumière* (Folio n° 3041).

à Jean-Michel Folon,
ce livre né d'une rencontre
dans la lenteur de son espace
dans l'amitié de son silence

Oui, c'est moi dans la bulle, à la surface du papier glacé. Votre main passe sur le livre, caresse le mirage, et ne dérange rien. Je suis dans la couleur du jour ; une aube imperceptible, ou bien peut-être un soir ; dans cette nuance idéale des premières pages ; le rose informulé, tremblant, de tout ce qui commence, et d'avance le bleu voilé d'une mélancolie légère — il est toujours très tard dans le premier matin du monde. Mais vous avez tourné la page, écarté doucement le rideau froid de l'apparence, et je vais naître au monde ; il suffit d'un regard.

Je suis bien dans ma bulle. Bien ? Le mot résonne étrangement sur les parois de ma planète ; il est monté de votre terre en ondes chaudes, c'est vous qui l'avez suggéré. Enfin vous êtes au bord de me parler. Moi depuis si longtemps je vous regarde, à travers le grand voile. J'attendais. Je préparais en moi la douceur infinie de votre geste. Vous écartez le voile, et je suis presque là. Je vous connais. Vos rêves en mouvement, vos peurs, vos espérances, à l'ombre effrayante et magique de cet élan qui vous possède, et que vous appelez le temps. Je devine un peu son pouvoir, mais je ne recevrai jamais de lui la vie, la mort, le fil inexorable d'un destin. Effleurer seulement son bonheur, sa blessure; voilà sans doute mon désir secret.

La bulle flotte dans l'espace et grandit lentement vers vous. Lenteur, silence, transparence : le monde d'où je viens vous fait envie, je crois. Je lis dans vos regards ce rêve d'un sommeil flottant dans la lumière. Mais vous le gardez pour plus tard, et passant devant le tableau vous dites simplement « c'est beau », en prolongeant ces mots pour plonger dans mon ciel une seconde. « C'est beau, très beau », et puis vous allez repartir. La beauté ne vous suffit pas. Vous avez tellement mieux qu'elle. Ce vent qui vous possède et que je comprends mal, ce besoin de bouger, d'aller vers autre chose. Pourtant, vous êtes entré dans le musée pour arrêter le temps. Tous les tableaux, comme le mien, dans cette pièce fraîche à l'ombre de l'été vous réclamaient l'oubli. Vous vous êtes arrêté. Vous avez pressenti l'éloignement de mon appel, au-delà du désert de sable. Et vous écartez le rideau. Votre soif secrète et la douceur de votre main ont tourné la première page, et commencé l'histoire d'un personnage différent. Je suis bien dans un cadre, c'est bien le début d'un roman. Mais je vous donnerai la courbe de ma bulle, le centre lent de mon regard, les gestes gourds de mon corps effacé pour mieux se couler dans l'espace, ne rien comprendre et ne rien pénétrer, pour mieux se fondre et regarder.

Ne vous méprenez pas. Malgré mon espace ovoïde, mon corps informulé, je n'ai rien d'un fœtus. Je ne viens pas d'un autre monde par la chair et le sang; aucune hérédité ne m'impose un projet, des limites. Non, si je viens au monde, c'est un peu comme dans le poème de Supervielle, vous savez :

Il vous naît un oiseau dans la force de l'âge
En plein vol et cachant votre histoire en son cœur
Puisqu'il n'a que son cri d'oiseau pour la montrer

Voilà, c'est ça. Je suis un ami inconnu. Je viens sur terre pour nouer entre nous ce lien fragile qui n'a pas de nom. Pas encore. Amour, amitié, tendresse, les mots sont codifiés, pour un usage et des rapports précis. Mais entre nous, ce sera bien plus vague.

J'étais bien dans ma bulle. Je le sens maintenant à la fraîcheur de l'air d'ici, qui brûle un peu ; l'air de ma planète était parfait, il ne déchirait pas la poitrine, ne donnait pas envie de bouger, de changer. C'était un long sommeil, les yeux ouverts dans les eaux du soleil. C'était la solitude aussi, mais je vous regardais. Êtes-vous bien sur terre ? Excusez-moi. Êtes-vous bien, sur terre ?

Votre réponse est un silence, l'ébauche d'un sourire au coin des lèvres. J'aime bien ce silence, où je sens quelques gouttes de temps pur à la tristesse douce-amère. J'aime bien ce sourire, l'humour est la pudeur des jours — vous êtes tellement civilisé.

C'est vous que j'ai rencontré le premier. Il n'y avait pas de hasard. Parmi tous ceux qui marchaient dans la ville, vous étiez sûrement le moins pointu, le moins tendu — vous étiez le plus rond. Rond, comme celui qui s'enivre au point de faire basculer le monde étroit des conformismes rectilignes, et sent soudain flotter le corps trop lourd qui l'oppressait. Mais rond surtout comme l'enfant qui ne sépare pas, confond les couleurs, les parfums, en devenant tout ce qu'il touche.

Je venais d'un pays très lent, où le courbe et le chaud l'emportent sur le droit, le rapide et le sec. Je devinais un peu votre malaise. Tout dans la ville vous semblait dur, froid, parallèle. Dans le dessin du sol, longues avenues, trottoirs, places où les passants se croisent et jamais ne se touchent. Dans le dessin du ciel, des tours de la Défense à la tour Montparnasse, blocs de béton pour séparer l'espace. Partout, côtoiement anonyme. Rencontrer l'autre, un autre, y faire tenir le monde, était la solution. Mais vous n'y croyiez plus, sans doute ; vous étouffiez au fond de vous ce rêve atténué par le manteau des jours, le gris-bleu des rues larges, le réconfort de sentir passer près de vous tant d'autres solitudes aussi courtoisement muettes, aussi légèrement désespérées. Pas d'ami, pas d'amour, mais une certitude : ce besoin de lutter contre le grand, le droit, l'aigu, les murs et les couloirs, l'écoulement infini du passage. Alors, très loin des autres, vous inventiez un monde minuscule tout en courbes, où le temps s'endormait dans le creux de vos mains. Vous collectionniez donc les billes, les kaléidoscopes, les boules en verre.

— Bonjour. — Qui êtes-vous ? — D'où venez-vous ? — Si cela ne vous ennuie pas, faisons ensemble quelques pas, pour apprendre à mieux nous connaître. — Pourquoi mettez-vous ce chapeau ? — Avez-vous un métier ? — Êtes-vous éternel ? — Voulez-vous boire quelque chose ?

Il y a eu entre nous des phrases comme celles-là, sans doute. Mais aujourd'hui, je n'en suis plus très sûr. Dans le musée bourdonnant de conversations, vous vous êtes arrêté devant ma bulle, mon espace. Il y a un temps pour tout. Même pour être fasciné par un tableau dans une exposition. Vous l'avez dépassé. Des gens ont maugréé devant votre immobilité ostentatoire, et certains vous ont bousculé.

Mais vous, vous regardiez ; avec ce calme

impressionnant que vous mettiez aussi à contempler les boules en verre, vous deveniez intermédiaire entre le monde et moi. D'autres avant vous avaient tiré le voile, plongé quelques secondes dans mon désert de sable et d'eau. Mais là, c'était un peu plus grave. Un silence est passé, et nous nous sommes mesurés. Je garde en moi très fort la conscience de ce regard — au bout, quelque chose doit se passer; pour vous le temps s'arrête, pour moi le temps commence.

Nous n'avions rien à nous apprendre. Pas de message, pas de morale, surtout pas. Vous étiez dans ce qu'on appelle la réalité. Vous aviez un métier, un quartier, cette habitude du marché avenue de Saint-Ouen. Moi je venais d'ailleurs, en deçà, au-delà, peu importe, après tout; d'un espace à mes yeux sans limites, mais qui pour vous se découpait dans le rectangle d'un tableau, dans le rond d'une bulle. Nous avions des points communs. Nous étions veufs, orphelins, solitaires, tranquilles, abandonnés, libres, blessés. Vous passiez sur le fil du temps, mais à votre manière, comme un funambule perdu entre la vieillesse et l'enfance. Moi, je rêvais du fil du temps, qui donne un sens aux couleurs, aux parfums. C'est bien à mi-chemin que nous nous sommes rencontrés. Vous m'avez fait descendre du tableau, parce que j'étais ce compagnon fluide et distant qui donnerait à vos climats une nuance plus légère. Et je vous ai suivi. J'avais envie de connaître la soif; nous sommes allés prendre un verre.

Une terrasse d'ombre et de soleil, entre le Louvre et le Théâtre de la Ville, près des quais. La rumeur sourde des autos, ces incessantes vagues de métal renvoyant çà et là des éclats de lumière. Nous nous sommes assis sur des chaises de fer. Personne ne nous regardait; pour moi, c'était nouveau et délicieux : je pouvais me fondre dans le décor, faire semblant d'y être acteur sans me soucier du rôle et du public.

— Qu'est-ce que vous prendrez? avez-vous demandé.

Un peu interloqué, j'ai bien senti que je manquais un plaisir fort en répondant benoîtement :

— La même chose que vous.

Plus tard, j'apprendrais à déguster ce tout petit pays d'avant.

— Qu'est-ce que vous prendrez?

On fait semblant de remonter à la surface, et cependant toutes les soifs défilent en ces quelques secondes, toutes les bulles de fraîcheur, toutes les saveurs chaudes. C'est un fragile libre arbitre. On a soif de grenadine ou menthe à l'eau, sur la terrasse ensoleillée, mais au dernier moment une force inconnue vous pousse à dire thé au lait... Ou bien on est à l'intérieur, et l'on balance entre chocolat et café, mais on s'étonne à demander une bière pression, pourquoi? Peut-être pour situer d'avance le plaisir au-dessus du désir, dans un raffinement paradoxal qui donnera au choix tout son effet. Dans le sucré de la salle trop resserrée, le verre de bière embué devient d'une amertume si légère, d'une diaphane acidité. Sur la terrasse, au milieu des buveurs qui cherchent en vain le frais par la fraîcheur, le thé au lait installe une anglaise désinvolture pour mépriser le chaud par la chaleur.

Le contraste n'est pas toujours aussi tranché, mais, quel que soit le choix, l'écart demeure. C'est l'heure de l'apéritif. On s'attarde assez peu sur l'atonale floraison fruitée des Banuyls, des muscats, à peine davantage sur les syllabes gouleyantes Guignolet — juste le temps de rêver aux cerises. Mais une Suze, pourquoi pas ? Après tout le sucré trop généreux des Martini, des Dubonnet, qui ont fait défiler l'image interchangeable d'un rubis d'été, le jaune âpre de la gentiane est tentant comme un poison doux, un champ de blé pervers où dort le secret liquoreux de l'ambre, dans une volute assoupie.

Ce soir-là cependant, je ne savais rien du plaisir d'avant. Vous avez commandé deux Suze et des glaçons. L'instant fut donc un peu acide et jaune, dans un verre étroit cannelé du bas. C'était très bon aussi de n'avoir pas choisi. Je me laissais glisser dans la rumeur, dans la couleur. Que notre intimité semblait facile ! Nous n'avions rien à dire. J'ai appris peu à peu depuis tous les degrés, toutes les ondes de la gêne qui s'installe dans ces moments-là. Mais non. Je n'imaginais pas qu'on pût être gêné de rester silencieux. Un sourire rêveur s'attardait sur vos lèvres.

Nous ne savions pas très bien pourquoi nous étions là. Autour de nous des gens parlaient, comme à regret, pour justifier le rouge clair ou sombre dans leur verre. C'est ça le code étroit de la réalité : la possession du monde entre deux parenthèses, qui se rapprochent, vous enserrent, l'apéritif noyé sous les comment-ça-va-chez-vous. Peu à peu on se perd, il reste seulement les parenthèses, et au milieu trois points de suspension.

Mais... Garder tout, dans le jaune de la gentiane, boire l'instant, le plaisir immobile, et puis marcher longtemps le long des quais dans un Paris d'été. Le rythme de la ville s'accordait à nos pas sans objet, rien ne voulait rien dire, et c'était doux. Pas de donneur, pas de donné. Ensemble simplement pour regarder. Flotter le long des places, anonymes, légers. Garder chacun ce qui nous faisait le cœur lourd, mais se prêter nos ailes.

Je venais d'un tableau. Vous aviez un quartier. Avenue de Saint-Ouen. Un des plus jolis marchés de l'été à Paris. Des deux côtés de l'avenue, sur les larges trottoirs, les étals de couleurs s'offrent à une humanité cosmopolite, prolétarienne sans regret. L'osmose entre les retraités français, les travailleurs maghrébins, y trouve un de ces rares points d'équilibre, à l'ombre préservés par la sagesse d'un quartier. La poussette à commissions de la concierge parisienne, le bonnet tricoté de l'Algérien, se mêlent sans effort sur fond d'orange et de kiwi, filets blancs de julienne et rose pâle des crevettes. Fraîcheur sous les bâches vertes immuables. Fraîcheur des couleurs à toucher, fraîcheur des fruits d'ailleurs éclairant la grisaille de la ville, étonnante fraîcheur d'un instant de soleil éclaboussant des siècles d'habitudes résignées.

Au-delà des trottoirs, on devine déjà les boîtes à lettres mornes, les escaliers fétides, une étouffante intimité bercée de radio lancinante. Mais dans la rue, buvez la vie-soleil, l'instant jaune pulpeux rose tremblant des cerises Napoléon, le sang profond des bigarreaux irriguant tous les impossibles de la vie, le temps passé, les défaites du quotidien, les déceptions. Présent fragile à emballer dans le sac un peu rêche de papier imprimé brun. On marche doucement ; on se choisit une couleur sur les rives vertes et mordorées du grand fleuve avenue qui coule sans couler ; et l'on s'achète enfin un éclat de soleil sur l'eau du temps qui passe, avant de rentrer doucement. Derrière soi, tout l'aval d'une vie — on a de quoi payer.

Vous traîniez donc un peu pour faire le marché, comme un enfant abandonnant à regret sa cour d'école. Puis vous remontiez l'avenue. Les étals de couleur s'estompaient. Cent mètres avant La Fourche, vous vous engagiez sous un porche de pierre, et là s'ouvrait votre étonnant domaine.

En plein cœur de Paris, bien à l'abri des urbanistes, la ruelle piétonnière aux pavés ronds longe une série de maisonnettes basses. Bois écaillé des portes, hautes vitres attestant une raison sociale disparue, quelques lettres blanches parfois en arc de cercle BOURRELIER ; ou bien, en noir un peu fumée sur le mur même ; lingère-repasseuse.

Mais il n'y a plus d'artisan : de simples locataires et quelques pots de géraniums sur l'appui des fenêtres basses. Au bout de la ruelle, un îlot de verdure prolonge ce sentiment de plonger hors de l'espace et du temps. De loin, c'est peut-être une place de village d'autrefois, encadrée de tilleuls, une place à danser, à causer longuement l'après-midi. Mais on découvre peu à peu en s'approchant un bric-à-brac hétéroclite : poussette, pompe à eau abandonnées, mêlées dans l'herbe haute à des espaces jardiniers ménagés çà et là par la bonne volonté sporadique de quelques indigènes : narcisses, primevères et buisson de pivoines, encerclés par un grillage protecteur — on se méfie des chats, pour ce qui est des fleurs. Quant au reste, ils sont à l'évidence les maîtres du domaine. Derrière ce triangle de verdure désuète, un immeuble de brique à trois étages agrémenté de linge battant aux fenêtres. Sur votre boîte à lettres inutile et rouillée, une étiquette aux lettres rondes : Monsieur Delcourt, 3e gauche.

Dans ce décor si parisien par sa façon de se tenir hors de Paris, dans cet abri des rêves où votre vie se pelotonnait sage, j'ai coulé peu à peu. Mon corps avait encore cette incertaine fluidité de son premier espace. Sans limites bien sûres, sans désir, sans projet, je savourais chaque ombre, chaque détail de cette bulle si nouvelle, si bonne à déguster quand on y passe comme moi sans début et sans fin, sans mort et sans naissance.

Vous, vous aviez un nom, banal et presque transparent : un nom quand même, où quelques-uns croyaient vous enfermer. Mais vous n'offriez pas de prise. Vague employé d'une vague administration, tout en vous récusait la familiarité. On ne vous lançait jamais — Une baguette et un croissant, comme d'habitude ? — Un p'tit Ricard ? Le concierge de l'immeuble avait à votre égard cette obséquiosité offerte aux locataires ponctuels et silencieux, aux passagers d'une vie transparente.

La vie... Vous prononciez parfois d'un air dubitatif et ironique ce mot qui ne vous concernait pas. J'ai appris à détester depuis cette syllabe criarde et gluante : *vie*. Les autres enfermaient tout dans ce mot dérisoire, qui commence dans le veule et se termine comme un cri — mais le cri vient trop tard, le pathétique veut en vain donner le change ; le spectacle était médiocre, le rideau est tombé, le régisseur s'en moque et hausse les épaules, *c'est la vie*.

Maintenant qu'il est trop tard, je sais que d'autres mots vous auraient résumé plus justement : le mot *passage*, avec sa douceur nonchalante, et cette idée d'acquiescement tranquille ; le mot *funambule*, surtout, parce qu'il porte en lui le talent aérien, le sommeil éveillé, un peu de ridicule. Monsieur Delcourt. Au moment de vous quitter, je sens mieux la magie de cet étrange lien qui nous réunissait, les larmes montent. Nous n'étions pas de la même planète et cependant nous nous sommes croisés, funambules patauds. Moi dans ma bulle et vous devant vos boules en verre, nous savions regarder. Un jour nous fut donné le bonheur étonnant de regarder ensemble. Se taire infiniment près de quelqu'un, gommer la solitude en préservant l'espace du silence, boire le ciel et les jardins, qui l'a appris à l'autre ? Nous avons marché dans Paris.

Tuileries côté Louvre, le bassin des voiliers. Clairière de fraîcheur loin de la rumeur... L'enfance règne au cœur du cercle d'eau. Les grands se désaltèrent à regarder le sillage léger des rêves qui voyagent. Sur les chaises blanches, on s'assoit bord à bord quand on est amoureux, en face du soleil ou bien à contre-jour pour ne rien perdre du spectacle. Sous les regards émus, indifférents, ou vaguement mélancoliques, les enfants mènent là un joli ballet de lenteur. Leurs cris ricochent à la surface, donnent plus d'ampleur à l'îlot de silence.

Le chariot du loueur de voiliers est comme un rite initiatique : assemblage hétéroclite de planches et de roues de landau, il annonce déjà une croisière à contre-époque. Pour gagner le droit de faire naviguer en toute liberté un bateau de son choix, il ne faut pas beaucoup d'argent, mais accepter de se plier à un cérémonial de bois, de toile et d'eau. Ce sont de lourds voiliers lestés de plomb à la quille profonde. Les deux mains écartées, on les appuie contre son corps, et l'on marche vers le bassin à pas cérémonieux. Puis on se penche en dessinant son ombre au-dessus de l'eau calme. Avec une canne de bois, on pousse d'un coup sec la poupe du bateau. Il ne part jamais droit ; voile à demi gonflée, il d'écrit une courbe nonchalante. On le suit du regard. On court le retrouver à l'autre extrémité de l'arc de cercle. Au bout de quelques tentatives maladroites, de quelques abordages, on réussit enfin le coup parfait qui le propulse au centre du bassin, sous le jet d'eau ; dans le soleil, des perles de cristal-fraîcheur dessinent un arc-en-ciel au-dessus de la voile.

En ce jour de juillet si lumineux et chaud, les gens ne semblaient pas surpris de me voir jouer comme un enfant, la badine à la main, accroupi au bord du bassin. Quelle volupté nouvelle, quelle liberté ! Avant, quand j'habitais de l'autre côté du papier, au centre d'un tableau, on me dévisageait sans vergogne, soupesant ma présence, interrogeant mon corps. Prisonnier du regard quand j'étais irréel, je devenais au cœur des Tuileries une silhouette à la fois incontestable et ignorée, sans bien savoir si cet anonymat tenait à ma nature ou au comportement des Parisiens.

De temps à autre, par-dessus mon épaule, je jetais un regard complice à Monsieur Delcourt. Les mains sur les genoux, aux lèvres un sourire très calme, ce dernier contemplait le spectacle avec une jubilation discrète. À ma grande surprise, il finit par se lever, s'approcher du chariot, louer un voilier vert pâle et rose qui vint dans un docile clapotis se mêler au ballet de la régate au ralenti.

Ce jour-là, j'ai compris tout ce que j'apportais dans la vie de Monsieur Delcourt, pardon, dans son passage. Ce n'était presque rien, mais cet assentiment léger, cette amorce de communion lui donnaient enfin une clé pour pénétrer le monde. Son talent confiné aux dimensions de son appartement, au langage des billes, des boules en verre, des kaléidoscopes, prenait une bouffée d'air frais, naissait à la couleur du jour. Il louait un voilier, et suivait son sillage, se gardait bien de basculer dans l'étourdissement de l'action, mais venait doucement à ce qu'il faut d'action pour prolonger un rêve.

Nous avons joué longtemps, les mains dans l'eau, les yeux dans le soleil. Quand nous sommes partis, les Tuileries se faisaient bleues, la ville allumait ses lumières. Plus de voiliers sur le bassin, plus de chevaux de bois, plus de cris, plus de jeux. Nous avons traversé la rue. Sous les arcades, un vent sucré donnait envie de prolonger le soir.

Rivoli Park Tavern. L'enseigne semblait un peu factice, n'annonçait qu'un climat britannique rapporté. Mais les vitres fumées ne livraient presque rien de ce dedans qui flamboyait en haut de la glace sépia, un peu plus rouge, un peu plus cuivre. Dedans, il devait y avoir du thé et de la bière, de la fumée, du chaud, du velouté. C'était l'heure de passer du bleu dans l'or : nous sommes entrés. Pas de rumeur ici, pas de bouffée de familiarité. Les suspensions d'opaline vert pomme descendaient très bas, dessinaient un cercle étroit au cœur de chaque box. Nous nous sommes installés près de la vitre. Nous étions bien, comme dans un wagon dont les compartiments auraient été ouverts et contigus : un vieux wagon de bois et de velours dans un train immobile, silencieux.

Tout restait très feutré. Le garçon, sans un mot, nous a tendu la carte, et nous avons plongé dans ce texte sacré qui délivrait des mots de passe pour pénétrer dans un monde étranger. Quelques gouttes de temps pur ; même un peu cher, c'était donné. *Irish smile cup*. Du sorbet au citron dans une coupe de champagne. Irish : cela semblait tentant de s'inventer l'Irlande au centre de Paris, d'imaginer le blanc vif du citron sur une mer à bulles de champagne, le froid de la banquise acide et le chaud de l'alcool. À la ligne suivante, le menu nous promettait la compacte perfection d'un autre mot de passe. Thé complet (thé-toasts-confiture). Nous n'avions pas faim, mais cela nous faisait envie de déballer dans le silence austère un peu de désordre en couleurs.

Nous avions bien choisi. Aux mots de « thé complet », le serveur manifesta par l'écho de sa réaction une déférence naissante. Il nous apporta la théière, un pot de grès, des toasts sur une assiette chaude, un gros confiturier ventru de porcelaine. Dedans, c'était rouge sombre, flamboyant. On peut rester longtemps à explorer les montagnes de confiture. On plonge la cuillère, et des versants s'inventent, translucides, à la crête fragile et vite bouleversée. La suspension fait danser sur les glaciers groseille des reflets clairs et des ombres mouvantes. Le garçon reparti, nous avons mangé à même la cuillère pour le plaisir du défendu, du bien meilleur en douce. Et puis le thé au lait nous pacifia le corps de sa force un peu pâle. De l'autre côté de la vitre fumée, le regard des passants se figeait pour quelques secondes, essayait de sonder la taverne cachée. Bien à l'abri dans le train-thé complet, nous avons cueilli, souriants, cette curiosité passante. Un visage se collait parfois à la paroi de verre, et battait en retraite en découvrant tout près notre regard tranquille, un peu condescendant.

Au centre du mystère, nous nous sentions les initiés, les premiers habitants d'une planète différente, enclose dans Paris. Chaque rencontre a sa planète ; la nôtre n'avait pas encore de nom, mais déjà des images, bougeant si lentement à l'amble de nos regards frères, à travers des parois de verre et des reflets de voiles dans l'eau bleue.

Je me souviens de longs après-midi d'été dans l'immeuble de Monsieur Delcourt; dans cet appartement qui me donnait déjà le pressentiment du passé, par des odeurs mêlées de chat et d'encaustique. Le soleil de juillet passait une flèche mordorée dans l'entrebâillement des volets, la lumière blonde dansait sur les meubles vieillots. Une paix lourde, vaguement fruitée, nous accablait. Au carillon à angelots dorés, une heure aigrelette sonnait l'absence d'heure.

Sur un petit plateau argenté, terne, veiné de coulées jaunes, Monsieur Delcourt apportait deux verres grêles, hauts sur pied, une bouteille de porto. Bientôt, je tenais dans ma main, je faisais jouer dans le soleil, cette liqueur de soleil cuit, épaisse, fauve, couleur de l'après-midi même, de cet écoulement d'un temps opaque, à peine amer; je portais à mes lèvres l'hypocrite douceur d'un insondable souvenir.

J'ai regardé Monsieur Delcourt s'abîmer des après-midi entiers dans l'océan secret d'un kaléidoscope. Il n'a rien expliqué, mais j'ai voulu le suivre. Un jour, j'ai plongé à mon tour dans cette chambre japonaise de miroirs, découvert les cloisons secrètes, et goûté la lumière emprisonnée dans l'étouffant cylindre de carton. Théâtre d'ombre du mystère, coulisses nues du jeu de la lumière, parois de glace sombre. C'est là que le miracle se prépare, dans l'équivoque cruauté des images multipliées. Aux deux bouts du cylindre, pas grand-chose : d'un côté, le petit œilleton niaisement évident du voyeur; de l'autre, entre deux cercles opaques, les cristaux de couleur, verre peint d'un ton vif, atténué par le brouillard de la distance et l'idée de poussière. En bas le spectacle est tout plat, en haut le regard froid. Mais quelque chose se prépare entre les deux; dans le caché, le sombre, le fermé, dans ce tube si lisse recouvert d'une mince couche de papier glacé, si anonyme, de mauvais goût souvent, avec des arabesques entrelacées.

Monsieur Delcourt avait plus de cent kaléidoscopes, et je passais de l'un à l'autre. Je regardais. Dedans, les joyaux bleu canard, mauve ancien, rubis rouge, se fractionnaient dans une aqueuse fluidité. Palais des glaces de l'Orient, harem des banquises, cristal de neige du sultan. Voyage unique, à chaque fois recommencé. Voyage de turquoise au bord des pierreries du Nord, voyage de grenade au large parfumé des golfes chauds. Des pays s'inventaient, pays sans nom qu'aucune carte ne saurait retrouver. On tourne à peine le cylindre ; on est ailleurs, plus loin ; derrière soi, le pays chaud et froid se disloque déjà, avec un petit bruit douloureux de brisure. Qu'importe ce qu'on abandonne. Quelques cristaux de verre peint se recommencent et vous inventent le pays nouveau, celui dont vous rêviez. On attend une image, et c'est presque celle qui vient, mais jamais tout à fait. La petite différence fait tout le prix de ce voyage et son vertige, parfois presque son désespoir : on ne possédera jamais le pays des cristaux qui bougent.

Prévoir me faisait un peu mal, et je ne savais pas me souvenir. Je voyageais donc au présent. Cette mosaïque de ciel ne reviendrait jamais : vert angélique et rouge de velours théâtre, elle avait la solennité géométrique des jardins du Louvre, et l'oppressante intimité d'une maison chinoise. Plafond, mur ou plancher, c'était bien une image de la terre, mais flottant dans l'apesanteur d'un espace éclaté. Il fallait rester là, s'abîmer longuement, car si je posais le cylindre, le geste le plus doux pour le reprendre suffisait à bouleverser le continent ; un souffle devenait un cyclone, le palais s'envolait.

Dans une chambre noire le mystère réfléchit. Tout se perd et tout se confond, tout est léger, tout est fragile. On ne possède rien. Tout juste sans bouger quelques secondes de beauté, une patience ronde, sans désir. Un peu de bonheur sage passe ; on le retient entre le pouce et le majeur de ses deux mains. Il faut toucher à peine.

J'ai appris à toucher à peine, à effleurer. Je venais d'une immobilité complète, et ces gestes me convenaient. Tenir entre ses doigts un kaléidoscope, faire basculer les images au ralenti. Commander le décor — s'y perdre, en même temps. Prendre une boule en verre et déclencher la tempête de neige entre ses mains, mais obéir aux courants provoqués. Avec un geste infime, susciter des images pour qu'elles vous dépassent.

Au pays des kaléidoscopes, Monsieur Delcourt était en deçà de la vie, du lancinant trafic des destins fourmillants. Un monde en mouvement liquide s'ouvrait au plus creux de sa solitude. Je l'ai rejoint sans effort et sans mots dans cet espace à la réalité incertaine, flottante, à moitié d'air, à moitié d'eau.

Le soir nous entraînait au hasard de Paris : Palais-Royal, Quartier latin, place des Vosges... Nous étions sûrs de tout tenir, et cependant, sans le savoir, nous attendions quelque chose, quelqu'un. C'est vrai qu'il suffit d'un regard et tout bascule. Un jour nous avons rencontré le Florentin.

Il y avait du vent sur la Butte Montmartre ce soir-là. Un petit vent de bien avant l'orage, un peu tiède, un peu moite. Lui, on ne le voyait pas d'abord. Dans le remue-ménage artiste bon enfant, les touristes étaient là pour prendre des photos. Ils trouvaient des sujets : des peintres, évidemment, des Japonais surtout, peignant toujours la même rue grise argentée ouverte sur le Sacré-Cœur, avec des pavés gras en épaisseur gâcheuse. Des caricaturistes harponneurs, des portraitistes envahissants. Des chanteuses des rues, mains sur les hanches, articulant beaucoup pour chanter dans le vent « Moi j'essuie les verres au fond du comptoir », et leur jules à côté, chapeau goguenard de guingois, tournait la manivelle — la bande orchestre perforée sortait sur le côté en saccades cartonnées de musique plate. De la place du Tertre au parvis de l'église, nous passions lentement des peintres à la chanteuse, de la chanteuse aux revendeurs de bijoux africains.

Mais lui, on ne lui donnait pas de nom. Il s'inscrivait sans heurt au bout de cette progression faussement nonchalante, où la gouaille à la Poulbot se donne sans vergogne au commerce apprêté, hiérarchisé par des lois mystérieuses, vaguement inquiétantes. Rouge brocart, mauve de cerne et de théâtre clos, un camaïeu de couleurs d'autrefois ; on ne le percevait pas seul, on ne détachait pas sa silhouette — dans un amas de tissus luxuriants et poussiéreux, il ne se montrait pas, mais attendait que le regard s'attache au silence de son espace. Une espèce de grand manteau comme une vague, de grands tapis de palais italien déferlant sur les marches, avec des bosses, des secrets ; un prince en sortirait peut-être, ou un polichinelle. Une île de velours passé — et lui, assis au centre du domaine, les genoux contre les épaules, déjà bouffon et déjà roi, aux lèvres un sourire amusé qui rendait dérisoires les questions : il fallait seulement l'attendre. Son habit confondu au tissu répandu n'était rien qu'oripeaux, lambeaux flottants de velours de pauvre ambroisie, de lilas terne. De longues bottes de cuir souple pour l'aisance des jambes repliées, insolentes et prestes, même dans l'immobilité. La brise balayait le parvis ; sur ses épaules flottaient des mèches de velours, et son regard planait sur tout Paris. Déjà quelques badauds le regardaient.

Soudain, comme secouant un rêve loin de nous, il se dépliait sans effort, et entamait avec une ostentatoire minutie de fourmi besogneuse des rites prosaïques, des préparatifs initiatiques — des gestes de l'ici en route pour l'ailleurs. Sans hâte il prenait dans ses bras l'encombrant tapis de tissu bosselé, descendait les marches, et l'on voyait un peu les coulisses du spectacle secret — sous la mollesse de l'étoffe, une doublure de caoutchouc, noire, faite pour adhérer au sol. Alors, durant des minutes interminables, agenouillé sur l'esplanade, il aplatissait de son mieux les bords de l'île cramoisie, avec des tapotements fébriles de la main cent fois recommencés, car le tapis se décollait au fur et à mesure. Les badauds intrigués se faisaient déjà plus nombreux : une centaine au moins, d'emblée respectueux, dessinant à bonne distance un arc de cercle régulier. Quelques plaisanteries gênées s'élevaient du demi-cercle, comme pour se moquer de soi-même, de ce besoin d'attente — sur l'immobilité des corps, un mystère planait déjà.

Le Florentin n'en finissait pas de bricoler son île molle. Cela durait bien plus longtemps qu'on aurait pu l'imaginer, bien au-delà de la patience ordinaire d'un touriste rassasié d'images. Mais ce dépassement de norme procédait comme un charme de plus, une raison supplémentaire de se taire, d'oublier, de partager, peut-être. Il approchait une carriole de bois peint ; l'espace d'un instant, on apercevait un magnétophone anachronique et ses deux haut-parleurs ; il refermait les petites portes désuètes, et l'ouverture des *Maîtres chanteurs* s'élevait sans éclat, se diluait dans l'air sans installer le rapport de force attendu — tout demeurait ébauché, consenti. Cent personnes assemblées, deux cents, puis davantage ; alors il s'approchait, et d'un geste très doux faisait signe aux gens de se pousser, d'élargir encore le cercle. Pas un mot de part et d'autre, mais on obéissait ; on dessinait sur le parvis le périmètre abstrait d'un spectacle dont on ne savait rien encore. Fragile, silencieux théâtre de l'instant traversé çà et là par des ondes de gêne — et s'il ne faisait rien de plus ?

Mais le spectacle commençait. La musique s'élevait un peu plus fort. Le Florentin glissait sur son visage un masque bleu de singe aux orbites creusées sur un regard d'absence. Jambes écartées, le singe promenait sur l'assistance un regard hébété ; puis il se redressait, se coiffait d'un chapeau, devenait homme et déjà seul. Sur la houle profonde de Wagner, il grandissait avec des battements de bras pour apprivoiser l'ombre. En même temps, un autre corps naissait dans la mouvance du tapis, un corps étrange et filiforme surmonté d'un masque de vieillard hirsute — un savant fanatique, ou plutôt un chef d'orchestre, entraîné par sa folie, dansant tout au sommet des crêtes de vagues-musique. D'autres visages apparaissaient, se confondaient sur le même corps mince : un grand pierrot de satin orangé ; dans ses bras, un ballon abricot. Les gouttes de pluie mélancoliques du canon de Pachelbel effaçaient la tempête wagnérienne. Pas de oh ! dans l'assistance, mais un charme extatique ; dans la lenteur des gestes et la tristesse du visage, l'ampleur de la musique, un moment de pure beauté. Plus de touristes, plus de balade nocturne étriquée : seulement des regards, à l'amble chavirant dans la magie légère.

Au rebord du trottoir, le ballon se crevait. L'avait-il fait exprès ? Lui ? Le Florentin, le Désespoir, l'Arlequin botté de cuir souple ou le Clown immobile ? Et tout le monde ressentait comme une délivrance cet aveu : à l'intérieur, le triste l'emportait, l'envie de pleurer doucement, sans mots, sans larmes, ensemble peu à peu, pourquoi ? Les mimes se succédaient dans un symbolisme confus qui s'effaçait avant de naître. Regarder, glisser les yeux dans les yeux creux des masques, pour voler de l'autre côté dans la nuit chaude. Il y avait peut-être un fil à suivre, quelque chose à penser, mais c'était bien meilleur de n'y comprendre rien, de se laisser bercer.

Cela finissait sans raison majeure, dans l'éparpillement de notes cristallines. Le Florentin quittait son dernier masque et souriait, soudain amenuisé, bateleur explicite. Mais les gens restaient là, sans cette lâcheté qui précède les quêtes bénévoles, et sans parler ils attendaient. Le Florentin prenait un chapeau de feutrine, le remuait pour éprouver son vide, penchait la tête. Alors les gens rompaient le cercle et s'approchaient, une pièce à la main, dans une inattendue rumeur de joie, de délivrance.

C'était encore de lui, ce consentement des autres à s'approcher, moins pour payer le prix que pour dissiper bruyamment le pouvoir dangereux de la magie. Étonnant cercle, rassemblé pour le miracle d'une fois, pour le pouvoir évanescent d'un spectacle sans nom, d'un moment essentiel, douloureux de silence, et qui déjà s'éparpillait en soirs d'ennui contigus, solitaires.

Il m'a fait mal, le Florentin, dès ce premier soir de juillet. Pourquoi ? Je n'aurais su le dire, et cependant... Je sentais bien qu'il ouvrait un chemin, qu'avec ce vent d'avant l'orage naissaient d'autres espaces. Quelque chose s'était passé, quelque chose de profond et de triste, de magique et d'irrémédiable. J'avais soudain la chair de poule, et Monsieur Delcourt près de moi souriait d'un étrange sourire, ébloui et navré, pourquoi ?

Quelque chose s'était passé. Cela avait duré à peine une heure, une heure de juillet à perdre au Sacré-Cœur, à flâner par les rues, à déguster. Une heure, grave, attestée par trois cents regards, l'écho de leur silence comme un sillage à déchiffrer dans le ciel mauve, juste avant l'orage.

Nous revînmes le lendemain, puis tous les soirs, jusqu'à la fin du mois. Nous arrivions très tôt sur le parvis. Nous restions les derniers, bien après le spectacle. Bientôt le Florentin nous reconnut. Une fois chaque soir, il posait lentement sur nos silhouettes gourdes un regard appuyé, quelquefois chaleureux, plus souvent ironique. Une complicité légère s'installa. Un soir qu'il repliait sa toile et son océan de velours, le Florentin se retourna vers nous et dit simplement :

— Demain je ne viendrai pas ici. J'ai envie de changer de public, d'atmosphère. Je serai à Beaubourg.

— Nous y serons, osa répliquer en écho Monsieur Delcourt.

Cela semblait aller de soi. J'appris à connaître Beaubourg, et son parvis plus inquiétant : crieurs de vérités, cracheurs de flammes, une faune rugueuse, au commerce moins policé. Mais pour le Florentin, cela ne changea rien. Bien avant le début de sa pantomime, il savait comme au Sacré-Cœur installer ce cercle de badauds en attente qui drainait peu à peu la roule entière aimantée par la qualité de son silence. J'aimais cette longue question que chacun acceptait de se poser à soi-même. Si le spectacle ne décevait personne ensuite, c'est qu'il restait assez informulé pour ne pas dicter de réponse. Et chacun repartait avec l'écho de sa question par les ruelles piétonnières.

— C'était très beau, ce soir.

Oui, c'était bien ma voix qui s'échappait de moi, dans le soir de Beaubourg. Sous la banalité des mots, le tremblement trahissait une urgence. Jusqu'à présent, je m'étais contenté de boire la réalité, de rester spectateur ; Monsieur Delcourt m'aidait à lire des reflets, à découper dans Paris des images. Nous gardions le silence, et je n'étais pas vraiment loin de ma planète. Avec le Florentin commençait autre chose. Il fallait naître aux mots, s'interroger, se reconnaître, s'affronter.

— Vous êtes drôles, tous les deux. C'est la première fois que quelqu'un se passionne à ce point pour ma petite pantomime. Ou alors, c'était autre chose, concéda-t-il, évoquant quelque conquête...

Puis, scrutant son chapeau :

— Pas fameuse, la recette, ce soir !

Et soudain agressif :

— Après tout, vous savez, c'est ça la raison d'être de mon petit show. Je suis un bateleur pas un artiste. Les gens aiment ça, on dirait, mais à regarder mon chapeau...

Dans sa colère un peu coquette, je le trouvais très beau, très jeune et pâle.

— Le spectacle est fini. Ne jouez plus la comédie.

Monsieur Delcourt avait souri. Le Florentin me toisait, effaré, mais je poursuivis doucement :

— Pardonnez-moi de vous parler ainsi ; je ne suis pas de votre monde. Je ne perds pas de temps ; je n'en possède pas. Un jour vous comprendrez peut-être. Je sais que nous devions nous rencontrer.

Étrangement docile, le Florentin avait cessé de ranger son petit théâtre, hochait la tête lentement.

— Monsieur le Florentin — oui, c'est le nom que nous vous donnons depuis près d'un mois ; s'il vous convient, nous n'en changerons pas — Monsieur le Florentin, disais-je, permettez-moi de vous présenter Monsieur Delcourt, collectionneur de boules en verre, de billes, de kaléidoscopes, professeur de solitude et de silence, et grand maître du courbe dans cette ville suraiguë ; au demeurant, et pour donner le change, fonctionnaire n'importe où. Monsieur Delcourt entend les paroles muettes. C'est lui qui m'a fait descendre de ma planète. Je ne lui dois pas tout — car le tout, je l'avais — mais je lui dois le reste, dis-je en levant la main vers la tiédeur du ciel d'été.

Monsieur Delcourt s'interposa :

— Ne lui en veuillez pas. Depuis que nous nous connaissons, il ne parle presque jamais, mais quand il parle, c'est ainsi. Il garde dans ses phrases un vide ancien, celui de son espace. Mais c'est un grand goûteur d'images.

Et rassuré par la docilité du Florentin, il poursuivit d'une voix ferme :

— Parler ne suffit pas. Vous pourriez partager notre souper ? Dans un décor de bois et d'or, nous serons mieux pour nous apprendre.

J'ai gardé ce soir-là très fort. Ce fut comme une fête lumineuse, qui annonçait par sa perfection même l'idée d'une rupture, la promesse douloureuse d'un ailleurs. Monsieur Delcourt tenait en réserve dans sa manche trop large plus d'un climat à installer au long des soirs. Il nous emmena chez Chartier; faramineux endroit qui m'apparut comme un sommet de tous les luxes, et qu'aujourd'hui encore je ne saurais considérer comme un restaurant bon marché. Rue du Faubourg-Montmartre, Monsieur Delcourt nous entraîna dans une cour; au fond, une porte-tambour. C'est là que commençait le vertige.

Une force vous happait, une rumeur très haute. Ventilateurs géants, boiseries, marbre, nappes en papier, verrière lancéolée de fer forgé, feuilles de chêne en bas-relief, porte-vêtements de cuivre, miroirs encadrés de bois sombre, lustres à neuf boules, immense tableau de décor carton-pâte, avec des vasques et des roses, un escalier : tous les éléments du décor semblaient tourner dans la magie multipliée à l'infini du cercle initiatique de la porte. Le brouillard des conversations diffuses, des commandes, des plats entrechoqués, se mêlait dès l'entrée à la solennité du lieu.

Sur la nappe de papier grumeleux, un serveur en gilet satiné noir écrivit la commande. Tête de veau vinaigrette, Saucisson chaud pommes à l'huile, et pour moi Petit salé aux lentilles. Je ne regrette pas mon passage sur terre : j'ai mangé un Petit salé aux lentilles chez Chartier. Je ne suis pas terrien, mais ce soir-là je fus presque français. Petit salé. Tout ce qui promet d'être bon s'appelle dans Paris *petit* : un p'tit café, un p'tit pastis, un p'tit moment à saisir dans la couleur-prétexte d'une boisson, d'un p'tit plat. Petit salé : l'idée d'une cuisine mitonnée dans le chaud et le rond s'installe, renforcée par l'humilité des lentilles à la fadeur doucement farinée. La saveur de l'accompagnement réside moins dans son goût que dans sa ritualité : Boudin *aux pommes*, Rôti de veau *aux champignons*...

Nous devions faire un curieux trio sous les lustres, chacun dans l'égoïsme délicieux de son plat cuisiné, dans un silence consenti ; nous avions bien le temps pour les paroles. Autour de nous, les serveurs poursuivaient un cérémonial désinvolte. La sciure sur le sol attestait la nécessité de leur virtuosité professionnelle. Le bras tendu, ils portaient jusqu'à dix plats en équilibre, dans une surenchère bon enfant traversée de boutades. Les clients faisaient eux-mêmes l'addition, posaient l'argent sur la nappe et s'en allaient. L'élégance suprême consistait pour les garçons à laisser traîner quelques minutes la somme sur la table, à ne pas vérifier le total.

Bouche bée, je me pénétrais de ces coutumes si simples et raffinées — je me sentais profane. Mais quand les choses vous dépassent, elles deviennent plus précieuses à savourer. J'ai mélangé la volupté de mon

Petit salé, l'or des lustres à neuf boules, et la sévérité familiale du service.

Comme le Florentin avait su tout de suite se taire, et boire l'instant près de nous ! Dans la lumière il souriait, heureux de ce silence à trois. De temps à autre il nous regardait tour à tour, comme pour s'assurer que cette plage de temps pur pouvait se consommer ainsi, sans remords et sans gêne. Nous n'avions pas besoin d'émettre de message. Ce que nous lui donnions à partager s'avouait de soi-même : une complicité pour planer sur les choses, et pour les arrêter. Ce n'était rien que ce regard léger sur l'or, le bois, les gestes suspendus dans une fièvre au ralenti. Mais lui... Ce qu'il nous apportait s'écrivait dans le temps : l'écoulement de son spectacle et la magie de ses préparatifs, l'idée que quelque chose devait se passer, se passait, puis se dissipait dans le soir, nous laissant la fumée d'un malaise, une onde de mélancolie.

Très tard dans la nuit de Paris, bien après les lumières de Chartier, nous avons marché le long des boulevards, des avenues les plus abstraites, les plus larges. Une pluie tiède éveillait des parfums de feuilles et d'asphalte. Jusqu'au petit matin, le Florentin nous a dit sa blessure. Il venait du pays que je ne connaîtrai jamais ; de ce pays étrange que les humains traversent, et dont ils sortent amnésiques ou déchirés. Les amnésiques sont adultes, et les déchirés quelquefois vont jusqu'au bout des mots le long d'un boulevard, pour s'approcher du haut pays d'enfance.

Une maison dans son jardin. Une maison où la vie a coulé plus d'une fois avant de s'effacer, bue par le sable d'une allée. Juste en bas du coteau, tournant le dos à la colline, une maison tout en longueur au regard large ouvert sur la vallée. Tranquille, le terrain descend jusqu'à la route devinée là-bas, au-delà du mur de pierre. Un portail de bois vert fait semblant de donner de ce côté-là un accès solennel, bourgeois et symétrique, à tout un univers qui se refuse en fait au regard du passant. Le liseron s'est enroulé, le bois a gonflé sous les pluies. On n'entre pas par là. On n'ouvre pas à deux battants ; on ne s'engage pas dans cette allée gravillonnée que les capucines ont envahie, laissant juste au milieu un sentier inégal menant aux marches du perron. C'est un domaine plus secret que l'on aborde presque en fraude, côté apparemment fermé, côté forêt, côté colline. Une petite porte en fer peinte de blanc ; on se glisse sans s'annoncer dans le désordre souriant des fleurs d'automne.

La vie est douce et le soir tombe tôt.

— Clément, Hélène ! Et ces devoirs ?

Les deux enfants s'installent sur la table de cuisine. Désordre des cahiers, des gommes, des crayons sur la toile cirée. La suspension baissée d'opaline vert pâle encercle ce pays de mots, de feuilles à toucher, de couleurs à tenir. C'est encore dans la cuisine ; une tomate posée sur la table, une gousse d'ail qu'Hélène tient dans sa main, regard ailleurs, en récitant :

Il vous naît un ami et voilà qu'il vous cherche
Il ne connaîtra pas votre nom ni vos yeux
Mais il faudra qu'il soit touché comme les autres
Et loge dans son cœur d'étranges battements
qui lui viennent des jours qu'il n'aura pas vécus.

La peau fripée de l'ail mauve, rose, blanc cassé se détache, tombe sur le cahier, légère, lentement. Lent et léger, couleur du soir qui commence déjà, odeur de fin d'orange du goûter flottant jusqu'aux parfums propres et mouillés des légumes épluchés.

— Allez, on se dépêche ! Après vous pourrez lire, ou jouer, vous serez débarrassés...

Mais les enfants ne veulent pas vraiment être débarrassés. Hélène reste longtemps les yeux au ciel dans son poème, traîne sur la conjugaison. Dehors, la fin d'automne ferme le jardin, donne envie de tirer les volets, de se couler dans la douceur des lampes et d'oublier demain. C'est le temps de fumée, novembre dort sur les cahiers, le temps s'étire dans la marge.

Pour la cinquième fois, Clément relit sans y penser cette leçon d'Histoire. Noblesse, clergé, tiers-état. La phrase coule bien avec ses *s* et ses *g* fluides. Elle se termine sur un éclat mat, définitif et rassurant : tiers-état. Sur le dessin, la Bastille n'est pas si terrible. On s'y agite en trois couleurs bien plus joyeusement qu'au Jeu de Paume, où tous les hommes noirs et gris prêtent serment, les yeux farouches.

— Allons, tu dois la savoir, maintenant ; je t'interroge.

Mais Clément est resté quelque part en deçà des mots, dans leur musique et dans les couleurs de l'image. Il ne veut rien savoir des États généraux, et il devient la page au lieu de la comprendre. C'est tellement plus beau, dans la musique et la couleur. Sur le torchon à carreaux rouges, Clément a pris un navet blanc qui croque frais. Pourquoi faut-il qu'on cuise les navets ? Pourquoi faut-il apprendre les révolutions ? Il est six heures, et Clément se sent bien. Tout à l'heure, en quelques minutes, il apprendra les mots tout secs qu'il faudra répéter. Mais maintenant le temps est fait pour l'arrêter, pour croquer un navet sur la page immobile.

À l'école, on ne les aime guère. Leurs parents leur font manquer la classe à la moindre occasion. Ils partent pour Londres, en plein mois de décembre ; une fois en Irlande, et même en Suède, au début de l'été. Voyager, passe encore, mais pour aller chercher la pluie, le froid... Toujours au nord, pourquoi ? Un jour, l'institutrice a osé poser la question, d'un ton trop détaché, pendant la rédaction. Hélène a répondu doucement, en secouant le casque noir de ses cheveux mi-longs :

— Parce qu'il fait froid dehors et qu'il fait bon dedans.

— Ça ne veut pas dire grand-chose ! a conclu Madame Rivière d'une voix mauvaise.

Clément s'est retourné pour échanger avec sa sœur un sourire moqueur.

Mais le pire est qu'ils manquent aussi parfois sans quitter le village.

— Je vous rappelle que l'école en France est obligatoire, Madame Villon.

— Pas l'école, Madame Rivière. L'enseignement. Mais là n'est pas la question. Je les trouvais un peu fatigués, ces jours derniers.

Fatigués ? On les a vus au point du jour s'enfoncer dans la forêt blanche de givre...

Les gens de Chêneval ne jugent pas vraiment. Pour eux, ce sont des gens à part. Des artistes, c'est normal. Ils mettent un peu d'air de Paris dans le village, ne sont pas fiers, disent bonjour, et pour le reste...

Ils peignent : le lavoir abandonné, l'épicerie de la mère Anquetil, mais surtout leur maison, la treille et la glycine, le cercle d'une lampe sur la nuque d'Hélène, les jouets des enfants. Il y a toute une série d'aquarelles sur les billes de Clément. Il peignent : chaque heure, chaque jour, chaque nuance du bonheur arrêté dans l'espace. Ils n'ont pas la télé. On ne les a jamais vus se disputer. Ils doivent s'ennuyer. Ils peignent, et le temps passe.

Quand il fait froid l'hiver, ils se blottissent au creux de la cuisine, préparent tous ensemble des crêpes, des gâteaux. Le soir, avant de regagner leur chambre, les enfants viennent lire dans le lit des parents. Bien serrés tous les quatre, ils ne se disent pas grand-chose, ou simplement :

— Il faudrait que le temps s'arrête.

Ou bien :

— J'espère qu'on sera toujours ensemble comme ça.

Hélène et Clément se ressemblent. On les prend quelquefois pour des jumeaux. Ils se comprennent à demi-mot, car leurs jours coulent ensemble, et la complicité tisse la trame d'un singulier silence. Ils peuvent ainsi marcher dans la forêt des heures, s'asseoir sur la mousse râpeuse en haut de la colline de Gouttières, et regarder les brumes accrochées aux troncs des pins, tout près du soleil roux, respirer l'odeur d'hiver de la vallée, la promesse de l'Oise.

L'Oise. Un mot ailé, légèrement acide. Quand ils s'en vont jouer par là, c'est avec le sentiment vague d'être en faute. Une odeur un peu âcre annonce le plaisir de l'eau, lié à des barques vert sombre, à un café de plein air abandonné l'hiver. Une sourde émotion leur fait battre le cœur. Ils montent dans les barques enchaînées qui tanguent dans le délicieux vertige d'un jeu à peine défendu.

Un jour, dans la cour de l'école, ils s'amusent à la balançoire. Clément enroule Hélène dans la corde pour faire le tourbillon. Mais la corde rêche et glacée lui fait mal, et en se déroulant brutalement la déchire un peu au cou. Hélène ne pleure pas, aussi ennuyée pour Clément que pour elle. Mais des paroles sentencieuses vont tomber :

— Enfin, Hélène est une petite fille ! Il ne faut pas être brutal !

Hélène est une petite fille. Clément entend soudain ce jugement coupant de Madame Rivière. Il y a donc les filles, et puis... On lui prend la moitié de l'univers. Il fait semblant d'accepter cette loi : grandir, c'est séparer. Pourtant, il n'oublie rien de ce pays qu'il faut quitter. Il y a un monde rond où tout est confondu, tourbillonnant, de l'angoisse à la paix, de la fraîcheur des draps au vertige du sommeil, de la lumière claire des forêts au vert sombre de l'Oise.

Bonheur, chagrins mêlés, ce monde-là est sourd, mais jamais immobile. Il est fait de milliers de mondes plus petits qui tournent dans tous les sens, se contrarient et se recoupent. Une image parfois remonte à la surface, et se cherche déjà dans l'écho des miroirs...

Le Florentin pose le kaléidoscope sur le cosy-corner, saisit un nouveau cylindre jaspé de vert et blanc.

Monsieur Delcourt intervient.

— Ça, ce n'est pas un kaléidoscope. C'est un octascope. Ça ne réfléchit pas l'image des cristaux de verre, mais la réalité, tout simplement. Si vous le faites bouger lentement, vous pouvez faire un voyage extraordinaire, chaque fois différent.

— C'est beau. Très beau...

Le Florentin semble hébété, émerveillé de fatigue et de tristesse. Depuis deux heures il a parlé, le long des boulevards, puis chez Monsieur Delcourt. Il a plongé dans l'océan des billes, et retrouvé, dans la blancheur laiteuse des porcelaines, les bulles minuscules emprisonnées des gouttes d'eau, la transparence et les reflets de son passé.

Pour la première fois, on me raconte une histoire. C'est fascinant ; ça coule, fait semblant de s'arrêter, puis ça repart vers quelque chose au loin que l'on essaie de deviner en fronçant les sourcils. On est sur un bateau ensemble, un seul conduit ; mais il traverse le brouillard autant que les deux qui écoutent.

— Et les tableaux ?

— Les tableaux ?

Le Florentin repose l'octascope, soupire longuement, puis se décide à reprendre le cours.

— Les tableaux ont presque tous été vendus. Quand mes parents sont morts dans cet accident de voiture il y a deux ans, Hélène avait vingt-trois ans, moi vingt et un. J'étais aux Beaux-Arts, elle en Lettres à la Sorbonne. Elle rêvait déjà d'écrire. Nous avons d'abord voulu garder la maison, et puis...

Sa voix se fêle imperceptiblement.

— Et puis c'était trop dur, trop fort. Toutes ces images, cette vie si proche, ça nous faisait trop mal. Nous ne pouvions nous regarder sans faire resurgir tout ce bonheur insupportable. Un soir de décembre, il y a à peine un an, un soir de petite neige, bleu dehors, blond dedans, Hélène m'a demandé gravement :

— Qu'allons-nous faire ?

C'est venu comme une vague. Je l'ai regardée du fond des yeux, le monde a basculé. J'ai dit qu'il fallait tout quitter, tout vendre, et nous séparer pour toujours...

Le Florentin martelait son discours en nous dévisageant. Mais nous n'étions pas là pour opposer la surprise ou l'indignation.

— Alors, reprit-il d'une voix plus sourde, j'ai compris qu'il ne pouvait en être autrement, qu'elle aussi l'avait compris depuis longtemps, et ça m'a poignardé... En même temps, je me sentais si vide et libre... Je me souviens d'avoir ajouté :

— Hélène, je veux tout effacer. Essayer au moins de retrouver un espace, une lumière. Oublier ma mémoire. Tout doit être parfait. C'est eux qui nous l'avaient appris. Il n'y avait pas de place pour le chagrin.

— Je sais, Clément, a-t-elle répondu.

Moi, je veux le contraire. Un jour, je réinventerai tout ce passé qui nous brûle. Avec des mots je le ferai. Je crois très fort que les mots peuvent flamber aussi haut. Mais je suis comme toi. Vivre ici, te regarder, voir la maison, me séparent de ce rêve et de la vraie blessure. Soufflons sur la cendre.

Tout est allé très vite ensuite. Nous avons vendu la maison. Hélène a gardé quelques toiles. Puis nous nous sommes séparés, sans nous donner d'adresse. Il y a eu un dernier soir dans la maison, un dernier matin de silence, main dans la main dans la forêt d'hiver... Voilà. Est-elle loin ou près d'ici ? Elle est sur le chemin des mots. Moi, j'ai mon spectacle : le vide avant, le vide après, mais quelque chose entre les deux, n'est-ce pas ? Chaque soir, les spectateurs me disent que c'est moi qui ai raison. Puis ils s'en vont, je ne sais pas vers quel silence. Le lendemain ce sont les mêmes, et toujours différents. Un peu comme une image d'octascope...

Le Florentin ne se voulait d'aucun quartier. Il habitait pour quelques jours des hôtels, des meublés. Il habitait le temps et l'espace incertain de son spectacle, et la frontière de sa vie se confondait avec le cercle des badauds rassemblés au hasard des parvis, à Montmartre, à Beaubourg, dans tous les lieux où les ombres passent et s'effacent. Il arrivait masqué, dans son habit de siècles. Il inventait un mirage à toucher, à partager quelques minutes, la précieuse apparence d'un silence d'ensemble. Puis il s'évanouissait, et dans chaque ferveur retombée le silence trouvait sa résonance singulière. Séparés. Et lui, séparé par avance du miracle inventé chaque soir, rangeait les oripeaux de l'illusion dans sa malle de cuir, rentrait à pied vers son meublé, séparé de lui-même.

Mais nous étions trois, désormais. Comment ? Nul n'aurait su le dire. Pourquoi ? Peut-être justement pour rien. Le Florentin qui avait voulu tout quitter, se libérer des moindres chaînes, s'accommodait de nos présences, et s'asseyait sur le velours râpé du fauteuil de Monsieur Delcourt, savourait un porto ; puis nous partions marcher dans un Paris de fin d'été. Les jours avaient une douceur, une fraîcheur nouvelles, la nuit tombait un peu plus tôt. Les jours passaient, et je les appelais les jours. Ce n'était plus un décor immobile, et j'éprouvais un plaisir différent, le vague ébranlement d'un mouvement vers quelque chose. J'ai gardé la couleur de ce dernier temps arrêté du mois d'août.

Vert sombre square, vert des bancs, des grilles et des bus. Couleur éteinte, déjà sourde en plein midi. Dans la couleur, toute la rumeur de la ville, ce tremblement dans l'air comme une brume d'eau. Brouillard assez doux de vacarme à demi suspendu, écharpe nonchalante de rumeur. Le corps flotte sans effort dans les rues longues, s'étonne presque en retrouvant le trottoir dur.

Nous ne faisions pas de bruit sur la terre, et comme tout semblait nous obéir ! Nous partions loin, le long des quais, où des péniches amarrées pour toujours chantaient le voyage immobile, dans un infime clapotis ; au centre de la ville, sur le fleuve, des gens à notre image avaient du temps pour arrêter le temps, pour saisir la lumière au fil de l'eau. C'étaient des peintres, ou bien des architectes, des décorateurs, voyageurs endormis préservant l'idée de voyage. Nous n'avions pas assez d'argent, mais nous aurions aimé comme eux vivre à quai dans une péniche, un jour suivre le fleuve, et puis qui sait ? On n'imagine pas une péniche sur la mer.

Mais plus souvent, nos pas nous ramenaient vers le Palais-Royal. Galerie d'Orléans, galerie Montpensier, sous les arcades, les vitrines nous fascinaient. Bien loin du commerce précipité qui grondait tout autour, c'étaient des oasis tout en rondeurs, en courbes travaillées, en patiences artisanales, en recherches obstinées, dans la saveur d'une poussière nourricière. *À l'Oriental* : pipes bruyère ; foyer écume ; ambre véritable ; pipes en terre au foyer de visage de marin, blanc, brun, or. *Timbres de France* : loupes de toutes formes, pour approcher de la beauté minuscule ; dossiers austères enfermant les couleurs : Yougoslavie — Collection d'oblitérés — Collection de timbres neufs de Sarre. *Médailles* : agent, vermeil, métal. Sapeurs-pompiers du Finistère ; corps urbain des Yvelines. Écrins rouge passé, et l'Ordre national du Mérite, comme une étoile de Noël. *Breugnot, successeur de Burger Levesque.* Une vitrine de soldats miniatures : Régiment de Béarn 1745 ; Légion étrangère colonie légère 1840 ; soldats blancs étalés, pour faire ressortir la perfection des figurines déjà peintes.

Toutes ces boutiques étonnantes, resserrées dans un carré de ville clos depuis des siècles, éveillaient en nous une jubilation tranquille. Nous nous serions bien vus chacun dans son échoppe. J'aurais vendu des pipes et du talent pour capturer le temps dans la fumée. Monsieur Delcourt bien sûr aurait fait commerce de timbres, et possédé les pays sans bouger, juste en collant son œil à une loupe ronde. Un peu plus loin, le Florentin aurait travaillé pour la Comédie-Française, apprivoisé des soieries de costume pour un spectacle à inventer.

Mais nous n'étions pas faits pour devenir maison, prendre racine; nous ne voulions pas un climat, mais boire doucement les climats un à un. Après un tour sous les arcades du Palais-Royal, nous allions prolonger les images collectionnées autour du bassin rond; assis sur les chaises de fer, nous restions parallèles. Chacun scrutait son univers, mais quelque part dans le ciel de l'été nos lignes de regard devaient se rencontrer. Je surprenais Monsieur Delcourt à soupirer, lui que notre amitié tranquille aurait dû suffire à combler. Sous l'élégante désinvolture de ses gestes, le Florentin révélait chaque jour davantage la profondeur de sa blessure, un mal qui nous gagnait lentement, une brûlure au creux de la poitrine; les mots venaient quand le chagrin se faisait le plus lourd.

— Ah, si Hélène vous avait connus!...

Nous haussions les épaules en nous regardant, interdits, Monsieur Delcourt et moi.

— Mais si. Vous ne pouvez pas comprendre. Si Hélène vous avait rencontrés, si elle avait partagé le Palais-Royal avec nous, maintenant, comme vous m'avez appris à le faire... Elle aurait cessé de se faire mal avec des mots qui ne servent à rien. Elle serait restée à la surface, comme ça, simplement ; avec vous, cela devient possible.

Apprendre. Le mot nous faisait sourire, résonnait bizarrement dans notre conscience endormie. Monsieur Delcourt n'avait jamais enseigné, n'avait jamais emprisonné personne par le moindre sentiment, le moindre soupçon de morale. Il revendiquait la seule liberté de contempler à sa manière, et sans en faire part. Cette modeste fluidité lui avait valu de me faire naître au monde, parce que je n'étais qu'un regard. À l'évidence, mon passage sur terre n'exigeait rien des autres, et n'en attendait rien. Pourtant, dans cette ville où tous les habitants semblaient trouver un sens à leur destin — c'est l'impression que me donnait leur précipitation à en suivre le cours —, le Florentin nous attribuait le pouvoir d'enseigner.

La leçon, il est vrai, restait particulière.

Partager le Palais-Royal. Étonnant programme, que nous n'aurions pu de nous-mêmes formuler aussi distinctement. Ainsi, le Florentin nous prêtait un message. Bien sûr, cela nous flattait quelque peu, nous révélait à nos propres regards. En même temps, cela nous faisait mal. Monsieur Delcourt s'était fait sourd au monde de la ville ; jour après jour, par l'océan des billes, les images en abyme des kaléidoscopes, la tempête immobile des boules de verre, il s'était retranché dans les images, loin des mots. Plaisir et solitude, chagrin, mirage, il ne distinguait pas, mais changeait les reflets d'un mouvement tranquille du poignet, ou d'un battement de paupière. C'est le même univers qu'il avait prolongé par ma rencontre. Mais, malgré moi, j'y avais ajouté une petite effervescence, un sentiment de fête, avec l'idée nouvelle du partage. Et voilà que le Florentin donnait un nom à ce pouvoir fragile, y découvrait une leçon. Ces pures impressions de solitude et de silence patiemment décantées devenaient un refuge pour l'oubli.

Un refuge seulement. Le Florentin oubliait près de nous, mais il gardait sa blessure profonde. Nous la partagions désormais, comme nous partagions Chartier ou le Palais-Royal. Monsieur Delcourt, au bout d'infinies transparences, voyait se dessiner l'image insupportable d'un passé. Quant à moi, tout ce qui me manquait se mettait à tourner en ondes lancinantes autour des bulles où j'avais cru tenir.

Merveilleux derniers jours à cueillir dans Paris. La lumière était belle, et le plaisir prenait la gravité fragile du bonheur en s'avançant vers la mélancolie. Au cœur de chaque square, au long de chaque berge, nous pensions à Hélène, chacun sans doute à sa manière, mais avec la même tristesse au fond des yeux. Un dernier jour aux Tuileries, Monsieur Delcourt nous déchira par ce poème qu'il savait par cœur, et qui revenait à ses lèvres :

Je t'atteindrai Hélène
À travers les prairies
À travers les matins de gel et de lumière...

Des cris d'enfants montaient, et le vert sombre des chevaux de bois s'estompait dans le bleu. Des mots sont montés doucement, des mots que j'ai gardés ; des mots qui me font mal, et que je veux quand même emporter quelque part, dans une bulle un jour :

Sans t'avoir jamais vue
Je t'appelais déjà
Chaque feuille en tombant
Me rappelait ton pas
La vague qui s'ouvrait
Recréait ton visage
Et tu étais l'auberge
Aux portes des villages.

Souffrir, sans trop savoir pourquoi. Rêver d'autres couleurs, d'autres images. Partir. Le Florentin avait glissé en nous comme une fine écharde, un poison doux. La beauté de Paris prenait un sens, dans cette fin d'été — il fallait basculer vers autre chose, installer des mirages au loin. En reposant une boule de verre, le Florentin nous avait dit :

— Il y a des lieux sur terre aussi parfaits que cette boule, aussi bleus, aussi blancs, aussi limpides et floconneux. Je connais un pays où l'hiver tout entier a cette transparence, et pourrait danser dans nos mains.

Nous n'avions pas posé de questions ; mais ce pays d'hiver était revenu souvent, depuis, dans les propos du Florentin, chaque fois moins abstrait, moins voilé de secret, jusqu'au jour où il nous avoua :

— En fait, je n'y suis jamais allé que l'été. Il y avait des groseilles et des framboises, mais l'eau du lac était glacée. La propriétaire, Madame Lündgren, n'occupait plus que la partie centrale du Manoir de Sunnansjö. Les deux ailes perpendiculaires abritaient l'une les communs abandonnés, l'autre notre maison. Dix ans... Il me semble que c'est aujourd'hui. Avec Hélène, nous prenions la barque et nous partions sur une île au milieu du lac.

— Pourquoi vous faire mal ainsi ? s'interposa Monsieur Delcourt. Je croyais...

— Je sais, reprit le Florentin. Mais malgré mon désir, malgré votre talent, je ne peux rien effacer vraiment. Alors, parfois, je rêve à Sunnansjö... Nous parlions toujours de l'hiver là-bas. Ça semblait presque une saison impossible. Dès la fin de l'automne, Madame Lündgren revenait à Stockholm. Pendant six mois, le manoir restait solitaire, sous la glace et la neige, dans les nuits si longues...

— C'est très au nord ?

— Oui. Enfin... là-bas, le nord commence juste après Stockholm. C'est en

Dalécarlie. Mais le mot suédois est beaucoup plus beau : Dalarna.

Dalarna... On peut rêver au fil d'un mot comme sur une image d'octascope. Celui-là nous pénétra d'emblée de sa douceur ambrée, de sa fluidité bleue. C'était beaucoup plus qu'une bulle — le lent écoulement de trois syllabes, comme une rivière à l'éclat sourd, aux méandres brumeux. Hélène... Dalarna... Je me répétais ces mots-là, émerveillé de creuser plus avant une sensation de vertige, une douleur si désirable. Le Florentin voulait passer l'hiver là-bas. Pour lui, c'était en même temps cesser de refuser ce passé qui l'obsédait malgré lui, et lui donner un autre sens, en conduisant les couleurs d'autrefois dans l'abstraction lumineuse d'un hiver suédois.

Mais nous, quelle place avions-nous dans ce rêve, nous que notre corps gourd appelait au silence, à l'immobilité ? Nous avions cru tenir en rond les images apprivoisées. Mais l'espérance dort d'un faux sommeil, le Florentin était passé ; un soir, sur la Butte Montmartre, nous l'avions regardé. Il n'y a pas de hasard. Clément le Florentin n'eut pas de mal à nous convaincre :

— Je suis sûr que tout ce que vous cherchez ressemble au grand hiver de Sunnansjö. La blancheur de la neige et le bleu de la glace, une maison comme un point chaud dans l'absolu. Monsieur Delcourt serait au centre d'une boule en verre, au creux d'une bille-goutte d'eau. Et vous — je n'avais pas encore de nom, et commençais à ressentir cruellement cette différence, quand on s'adressait à moi, avec une distante courtoisie dont je n'avais que faire — vous, vous retrouveriez l'espace d'un tableau, mais avec des parfums, l'odeur de la maison, le vif du froid qui mord, et des couleurs si loin de vos déserts de sable. Vous êtes un peu de l'équateur, du centre chaud ; le nord vous manque, et vous le savez bien... Moi, c'est au nord que je pourrai marier enfin l'oubli et la mémoire...

Il fut alors question de choses auxquelles je ne compris rien : économies, projets, voyages... Monsieur Delcourt envisagea sans l'ombre d'une hésitation d'abandonner cette parenthèse dans sa vie qu'il appelait *bureau* ou *gagne-pain*. Le Florentin le médusa par des révélations sur le succès financier de ses prestations théâtrales. Un seul différend s'éleva : le Florentin voulait gagner au plus vite le manoir de Sunnansjö, avant que Madame Lündgren ne l'ait quitté pour Stockholm. Monsieur Delcourt souhaitait plus de lenteur, et prétexta de raisons matérielles pour reculer d'un mois ou deux notre départ, parla de préavis...

— Ainsi, nous y arriverons l'hiver. C'est aussi ce que vous souhaitez, je crois ?

— Oui, c'est peut-être mieux ainsi. Je pourrai préparer la maison pour votre venue. C'est important d'attendre, aussi, de préparer. Et puis, je ne crains plus la solitude. Mais promettez-moi...

Gare du Nord, un jour lumineux de septembre il nous laissa, avec juste au dernier moment, par la portière, cette phrase trop solennelle :

— Je crois que j'en mourrais, si vous ne veniez pas.

Quand je repense à ce temps-là, c'est avec un autre regard. Tout ce qui s'est passé depuis a balayé la nature des rôles et le champ des pouvoirs. Le Florentin semblait guider nos pas, Monsieur Delcourt paraissait si docile. Pourtant, c'est lui qui pressentait le sens de ce voyage et prenait les rênes en secret. Le savait-il lui-même ? Il n'était pas fait pour savoir ; il regardait les choses bouger lentement dans un reflet de kaléidoscope, et ne donnait jamais de nom à ce qu'il suscitait, dans cet univers fluide où des fragments de lumière s'abolissaient en inventant la lumière d'après. Pour la première fois dans son passage sur la terre, il partait en voyage. C'est du moins ce qu'il me disait, en souriant d'un air énigmatique ; mais je n'étais pas dupe. En fait, il connaissait tous les pays, par les couleurs et les images. Il y a des mers et des forêts dans les billes de porcelaine ; on peut les choisir, suivant son humeur, sa tristesse ou son besoin d'espoir. Monsieur Delcourt maîtrisait les climats. Aussi voulait-il voyager à sa manière, et sans se laisser faire. L'idée du nord le séduisait, mais il avait d'autres signes à glaner, d'autres images intérieures à reproduire, avant le bleu et blanc de l'hiver suédois. Le Florentin eût été à ses yeux un trop impétueux compagnon de voyage. Mais moi...

Moi, je le suivis sans un mot. Ébloui, silencieux, je montais à sa suite dans les cars, dans les trains, parfois dans des poids lourds, quand nous faisions du stop, et même un jour sur une péniche, en Hollande. Derrière des vitres un peu opaques, j'ai vu les paysages glisser à ma rencontre, et se recommencer sans s'effacer. En approchant mon visage de la vitre, en regardant juste à mes pieds, j'ai vu défiler avec une violence de vertige le macadam des routes et les cailloux des voies ferrées. Je relevais les yeux : un paisible décor, à peine en mouvement, effaçait la brutalité de la vitesse, et je me sentais délicieusement flottant, passager de plusieurs planètes aux mouvements contradictoires.

Les avenues rectilignes de Paris avaient fait place à un espace presque familier par son ampleur. Mais les couleurs changeaient de jour en jour. Ce n'était plus le vert sombre des squares, ni le bleu des soirs aux Tuileries. De l'ambre du roux et de l'or venaient jouer sur le brun terne de la plaine, et jusqu'au creux des villes et des villages.

Monsieur Delcourt m'invitait à descendre quelquefois en plein milieu d'après-midi dans une gare minuscule et déserte. J'essaie en vain de retrouver les noms. J'ai gardé seulement la lumière en mouvement, cette respiration d'une saison. Nous nous sommes enfoncés dans les forêts, quelque part au nord de Paris, puis au nord de la France. Automne. Le ciel demeurait bleu, mais les arbres prenaient chaque jour des couleurs plus attachantes, plus chaudes et douces ; au bord des chemins de l'ailleurs, la vie n'avait jamais été si belle ici. Automne ; j'ai appris peu à peu la déchirante perfection d'un monde qui finit, s'éloigne en faisant semblant d'approcher, comme ce cercle de lumière au bout des allées forestières. Monsieur Delcourt avait choisi de s'étourdir des parfums de l'automne, des vergers, des couleurs, de voyager dans le temps et l'espace pour donner le prix de la distance à ce projet d'un hiver suédois. Moi, je confondais tout : Hélène, Dalarna, voyage, automne... Mais je bougeais ; les choses autour de moi changeaient, se ressemblaient, de village en village, mais ne revenaient plus. J'avais la fascinante sensation de me trouver au centre d'une image d'octascope, car tout était lumineux, évident, multiplié à l'infini ; en même temps, tout semblait sur le point de s'obscurcir et de finir.

Il y eut donc l'automne des forêts, l'automne de la pluie. Nu-tête nous avons marché dans la plaine du Nord, puis au bord de la mer, le long des plages au sable gris, à la mélancolie facile. Lieux de plaisir frileux désertés en octobre, parasols repliés, baraques de bois écaillé, taches de rouille sur les hôtels abandonnés. Plaisir de s'imbiber de pluie et de silence en avançant très lentement, en épuisant la saison sourde.

Monsieur Delcourt nous entraîna dans la logique d'un voyage qui nous ressemblait : un cercle initiatique, aux frontières de boule ou de bulle. Il m'emmena d'abord jusqu'en Hollande ; là-bas les gens se déplaçaient légers, dans le bruissement aérien des bicyclettes. Le soir, ils allumaient toutes les lampes, tous les cuivres d'un savoir-vivre chaud ouvert sur les regards des passants buveurs d'or. Nous changions de village chaque jour, et longions les canaux. Le temps passait... Une ville nous attendait, quelque part en arrière, au bout de toutes ces images, au fond de la saison. Une ville et peut-être davantage, un espace-mirage, une ville-pressentiment. Monsieur Delcourt m'avait dit seulement :

— Là-bas, le nord du nord est au centre des pluies.

Au centre, au plus profond de ce cercle qu'avait tracé Monsieur Delcourt dans le plat pays de l'automne. Je ne comprenais rien aux frontières, aux pays. Mais là, comme au premier soir dans Paris, j'ai senti la caresse immobile du présent ; je l'ai savourée davantage, avec cette nuance de sérieux dans le plaisir que me donnait confusément la sensation du temps. Au bout de cette longue quête, j'ai gardé le seul nom qui me parle aujourd'hui. J'y fais tenir tous les gris de la mer du Nord, des brouillards de la plaine, tout l'ambre des forêts d'octobre. Bruges. Nous avons marché dans Bruges, un matin froid du début de novembre.

C'était à mi-chemin du ciel et de la terre une ville inventée pour nous. Pas de rencontre, pas de choc hostile ; dans les rues pavées silencieuses, les passants se croisaient, somnambules éveillés ; chacun dans le sillage de son rêve semblait poursuivre une ombre, une image secrète. Sur la grand-place, les calèches résonnaient clair, mais la fumée de l'air nous gardait au fond de la mer ; les carillons des tours descendaient comme un remous venu de la surface. Nous avons traversé les ponts, les cercles d'eau : sur les canaux, des cygnes passaient lentement, entre les pétales allongés des feuilles jaunes.

Une porte cochère s'ouvrait sur un jardin ; là-bas, le silence paraissait si grave et désirable... Nous sommes entrés. C'étaient de petites maisons blanches, sagement rangées autour d'une vaste pelouse plantée d'arbres, tout écharpée de brumes effilochées, tapissée de feuilles tombées. Longtemps nous y avons marché avec un étonnant bonheur, une impalpable sensation de paix, de vérité conquise simplement, les pieds dans la froidure. De temps en temps, une silhouette ouvrait une porte, venait glisser dans l'allée près de nous ; une silhouette noire et blanche, si fluide dans l'espace et flottant sur le sol avant de s'effacer. Bien après sa disparition, le voile en mouvement semblait bouger encore au fil de l'air. Béguinage. Monsieur Delcourt m'a dit le nom trop désinvolte de cet enclos de ciel au talent jardinier, de cette porte ouverte en souriant sur la douceur austère.

Le Florentin parti, nous retrouvions notre silence. Nous avons bu le silence or et gris du Béguinage et de toutes les rues pavées, la brume froide et si lente à se dissiper. Nous avons bu les heures et les canaux dans un demi-jour de novembre. Nous marchions au hasard, mais quelque part dans l'air-buvard une force nous conduisait. Le soir tomba très vite et nous surprit sur la grand-place, à la vitrine d'une librairie. Des gravures d'Anton Pieck y évoquaient une vie fourmillante dans les rues de l'hiver, à Bruges et en Hollande, avec des cache-nez flottants, des visages rougis, goguenards, épanouis. Mais en nous retournant, nous vîmes seulement la grand-place presque déserte ; à l'angle d'une rue, la dernière calèche, capuchée de cuir sombre, s'enfonçait dans la nuit.

Nous avons repris notre marche. Un peu

partout dans les ruelles, des salons s'allumaient, si enfouis, confortables, que nous n'osions y pénétrer, malgré les rassurantes inscriptions — *Salon de thé - Bière pression.* Un café affichant la liste des consommations finit par décider Monsieur Delcourt. Il osa pousser la porte, pour regretter aussitôt son audace. Dedans, aucun consommateur n'avait pris place aux quatre tables de bois sombre éclairées faiblement par des lampes orangées. Un feu de bois flambait dans un ronflement domestique.

— Bonjour, messieurs !

La voix hospitalière nous fit sursauter. La dame entre deux âges n'avait rien d'une serveuse, avec son cardigan d'angora gris. Sans souligner la maladresse de nos bredouillements, elle nous installa près de la cheminée, prit la commande et s'éclipsa, nous laissant seuls dans la pièce-navire. Poutres apparentes, vitraux peints de couleur fumée, poêle en faïence, chat couché près du feu, napperons de dentelle ; gênés, nous nous sentions coupables d'accéder sans plus d'effort à cette intimité offerte. Mais on nous apporta bientôt deux verres hauts ventrus, marqués de lettres blanches. *Abbaye de Bonne Espérance - Gueuze Lambic.* La bière sombre était à déguster d'abord dans la couleur du nom, reproduit en abyme, et ce raffinement de reflet ton sur ton nous pénétra de volupté. Sur le bois de la table, la bière de grenat restait opaque. Je l'ai fait danser blonde en la levant devant les flammes. À Bruges, dans la solitude veloutée, j'ai bu la flamme douce-amère d'une gueuze à la cerise, saveur goudronneuse et sucrée, tout près du gris des brumes, au fond de notre automne.

Combien de temps sommes-nous restés là, engourdis de plaisir ? Combien de temps, puisque le temps m'encerclait désormais, et qu'au cœur même de cette lave âpre et douce de la bière, je ne pouvais m'empêcher de penser à plus tard, à cet élan qui nous poussait hors du café, vers une image, un peu plus loin ? La sensation n'était plus ce pays sans début et sans fin de nos premiers soirs de juillet. Monsieur Delcourt, mon frère de lenteur, vous avez fait de nous des voyageurs, des passagers de Bruges, où le brouillard savait si bien se diluer sur l'âcre rousseur de la bière. Nous aurions pu tenir ici comme partout dans la magie tranquille des images arrêtées. Mais il fallait que nous sortions dans la nuit de novembre, et nous n'étions plus maîtres de nos pas. Il a fallu qu'ils nous conduisent par-delà les cercles d'eau jusqu'à cette vitrine illuminée dans la ruelle sombre, entre deux ponts.

Van de Coninck — Salon d'art — Expositions temporaires. Les paysages de la ville au symbolisme gauche, aux couleurs bien trop vives, ont fait d'abord de nous des badauds rassurés, échangeant un regard moqueur, complices. Mais ces deux petits cadres, symétriques, estampillés d'une étiquette laconique... Aquarelle originale. *Galaxie. Calot corsaire.*

Notre sourire a disparu. Ce sont des billes, au-delà de la vitre, au-delà des parois, des reflets transparents de Bruges. Galaxie noire traversée de sables chauds, calot corsaire veiné de blanc cassé, c'est soudain la rumeur insupportable d'une enfance, ici, pourquoi? Nous n'avons pas besoin de mots. Monsieur Delcourt a l'air soudain si lumineux, si triste. Deux aquarelles et la rondeur du monde enclose au plus secret des cercles d'eau.

Une étrange maison naine, comme carénée de bois sombre, en surplomb du canal. Les vitraux vert bouteille cernés de plomb épais ne révèlent rien. Autour, c'est tout un monde clos : un square désert en automne, avec un petit temple grec ; le mur austère du musée, l'arche de pierre d'un pont en dos d'âne. C'est peut-être l'endroit le plus silencieux de cette ville qui connaît tous les silences. Ici, c'est l'immobilité parfaite ; le vent ne passe pas, et l'air s'évanouit au moindre appel de l'eau. Dans le canal, la maison reflétée ne bouge pas ; mais c'est par le reflet que tout pourrait commencer, vivre. Une opaque maison, vieille de tant de vies, effacées une à une, et dont il reste seulement la mémoire dans l'eau.

Hélène a bien choisi. À l'abri des jours, à

travers le vitrail, c'est un lieu pour écrire, pour éveiller une onde et la poursuivre en cercles concentriques, infiniment.

Il n'y avait pas de hasard. Monsieur Delcourt ne savait pas pourquoi, mais il avait dessiné ce voyage, jusqu'à la ville en reflet d'eau. Les deux tableaux des billes de Clément attendaient quelqu'un qui sache vivre au creux des billes. Ainsi le temps passé, le temps perdu, pouvaient-ils devenir du temps gagné, dans un enchaînement magique d'évidence.

Monsieur Van de Coninck se montra d'abord un peu surpris :

— Acheter cette aquarelle ? Bien sûr, mais... C'est un tableau assez cher, vous savez...

— Vous avez, raison. C'est un tableau qui m'est très cher, répliqua Monsieur Delcourt en me souriant du coin de l'œil.

Avec une assurance inhabituelle, il s'enquit ensuite de l'existence du propriétaire de la toile, et ne parut guère étonné quand le marchand lui indiqua :

— La fille de l'artiste, une jeune femme résidant actuellement à Bruges, et qui sera ravie, j'en suis sûr, de rencontrer un tel connaisseur de l'œuvre de son père.

Voilà. Pendant que Clément le Florentin gagnait au plus pressé l'éclat éblouissant de Sunnansjö, la clé des jours allait à la patience, à la douceur, au lent piétinement dans les brumes d'automne de Monsieur Delcourt.

Il nous restait pourtant le plus intimidant, le plus fragile des chemins à parcourir : ces quelques mètres, jusqu'à la porte de bois lourd. Dans l'oppressant silence de la maison fermée, une lampe s'était allumée, diffusant un halo de lumière à peine plus chaude à travers les vitraux. Quelque chose s'inventait là, au centre fluide de l'automne; quelque chose que nous allions surprendre, menacer. Dans la maison, quelqu'un écrivait chaque jour, dans le rond d'une lampe, au bord de l'eau, penché sur les reflets. Monsieur Delcourt hésitait, tout à coup, m'implorant du regard.

Ma silhouette vague, mon incertaine raison d'être, me donnaient cette aisance nécessaire aux transitions. Peut-être n'étais-je après tout qu'une transition moi-même, dans cette histoire étrange ? Mais j'avais ce pouvoir d'aller sans ridicule à l'essentiel. Rien ne m'attachait, ne me limitait ; je devais donc planer dans ce récit, sans désir, sans pudeur, en gommer les aspérités. Hélène m'intimida, pourtant. Je lui dis à peu près tous les mots nécessaires, mais ma voix s'étouffait. Elle me regardait de ses yeux presque d'or, dans la pièce si sombre. Je lui verrais plus tard des yeux gris-vert dans le soleil d'hiver, ambres près d'un feu clair. Il me reste aujourd'hui cette lumière d'un premier regard, qu'aucun kaléidoscope ne saura retrouver. Ses cheveux noirs tombaient jusqu'à sa taille, sur la robe épaulée de velours rouge sombre. Le nom de Clément l'ébranla, bien sûr, et celui de Sunnansjö. Elle voulut tout savoir de la pantomime du Florentin, ce pan de vie qu'elle ne connaissait pas, et qui s'apparentait curieusement au mystérieux silence de la maison de Bruges. Clément, Hélène, ensemble, par-delà les apparences...

Tous deux avaient chassé de longs mirages par la danse, le silence, l'immobilité, en habits de velours et séparés du monde. Puis nous étions passés, pour renouer le fil défait dans le temps et l'espace... Nous avons bu à petits coups du thé brûlant, dans un silence de fièvre et de gêne. Au fond de chacun de nous trois s'ouvraient déjà des chemins bleus de neige aux bords du lac de Sunnansjö.

— Les soirs d'été, en Suède, la nuit ne tombe pas. À onze heures, à minuit, on sort se promener. Le ciel, la route sont d'un blanc-gris presque phosphorescent, les arbres à peine un peu plus sombres : mais les contours se font plus flous, les frontières entre les choses disparaissent. On avance dans la forêt, en se rapprochant à l'oreille de la rumeur d'une rivière. On s'assoit là, les genoux contre les épaules, sur une pierre plate, juste à côté d'un buisson de framboisiers. Cette coulée fraîche de l'eau, dans l'absolu silence de la fausse nuit, sans chercher à savoir comment demain s'appelle et ce qu'on en fera... D'ailleurs, ce n'est pas non plus aujourd'hui. L'instant vous enveloppe tout entier dans un voile mauve pâle. C'est toujours et partout, dans un paradis vague qui pourrait basculer vers la folie.

La voix d'Hélène nous accompagnait, ponctuée de silences. Elle nous racontait la Suède qu'elle savait, comme pour se rassurer elle-même, pour s'appuyer sur un sol de mémoire, avant de retrouver tant d'images inversées. Ce qu'elle nous en disait ne ressemblait guère au ciel découpé par les vitres de car ou de train que nous découvrions depuis Stockholm. Cette infinie lumière de l'été avait fait place à une nuit si longue. Sur l'éclat vibrant de la neige, le jour se levait à dix heures et le soleil pâlissait dès trois heures l'après-midi.

Nous approchions de la Dalécarlie. Le rouge sombre des maisons rehaussé du blanc mat des portes et des fenêtres nous semblait si familier, déjà. Bois du dedans, nuance magique d'un bonheur intérieur, austérité nonchalamment offerte, à caresser de loin. Les lacs et la forêt; le vert profond des pins lourdement tapissés de neige, le blanc cendré des bouleaux défeuillés. Partout les lacs gelés, enclos de glace solitaires, traversés quelquefois de rires clairs d'enfants patinant dans le minuscule après-midi. Mais la plupart du temps, un silence vertigineux montait sur nous, mêlé à la vivacité de l'air, quand nous marchions le long des routes presque imaginaires, dessinées seulement par des contreforts arrondis.

La piste entre Ludvika et Sunnansjö se réduisait souvent à une bande étroite entre deux lacs, dont les bords opposés se perdaient dans la brume. Un dernier car nous avait laissés là, à la fin de la matinée, à trois heures de marche à peine du manoir. Au fil des kilomètres, Hélène avait perdu le goût des souvenirs. Dans un nouveau silence à trois, nous partagions la beauté du décor et cette appréhension de la rencontre avec Clément. Et s'il refusait de revoir Hélène ? Et s'il n'était pas là ? Si cette quête à l'infini devenait fuite ? Si un maillon manquait toujours ? Autant de questions diluées dans le gris pâle de la glace et le blanc du chemin, le vert des arbres de lisière, au loin. Aucun passage ne troublait la paix froide du jour. Hélène en manteau noir, le visage caché dans un châle-passe-montagne, marchait quelques pas devant nous, taille mince, pas légers : une ombre en mouvement, cachant quelle détresse ?

Le soleil faiblissait déjà quand Monsieur Delcourt à son tour dissipa le silence :

— C'est drôle, à marcher infiniment comme ça, sur cette bande étroite, entre deux lacs, j'ai l'impression d'être au bord d'un trottoir, quand on s'imagine le vide de chaque côté de soi, un gouffre effrayant où l'on pourrait tomber.

Hélène s'était retournée.

— Ah ! oui, vous faisiez ça, vous aussi, lorsque vous étiez enfant ?

Et Monsieur Delcourt doucement :

— Non, non. Pas quand j'étais enfant. Je le fais tous les jours, dans les rues de Paris.

Un silence suivit. Hélène semblait hésiter à prendre au sérieux les paroles de Monsieur Delcourt. Puis elle se ravisa, et prit un masque grave.

— Je commence à comprendre pourquoi Clément a pu vous rencontrer. Pour moi, l'enfance... Ça ne sera plus jamais maintenant. Mais aujourd'hui... Vous savez, quand j'étais petite et que j'avais une mauvaise note à annoncer, je vivais très fort ces instants, juste avant d'avouer. Le retour de l'école en devenait très beau, parce que je voulais arrêter le temps ; le pain-chocolat du goûter n'avait jamais tant de saveur. Ce soir, c'est un peu la même chose. J'avance vers le manoir de Sunnansjö. J'ai si peur d'avancer. En même temps, tout est si bon à boire, à regarder. Je reconnais à peine cette route où nous passions chaque jour à bicyclette.

Petite. Enfant. Avant. Tous ces mots étrangers venaient glisser sur la bulle de mon silence. Ils ne me dérangeaient pas. Je suivais leur sillage, et je sentais l'écho de leur pouvoir. C'étaient peut-être des pays, peut-être des bateaux, ou seulement de longs voyages. Pays d'avant. Voyage du passé. Goélette d'enfance. Hélène et ses yeux clairs donnaient à ces mots-là le charme lancinant d'une marche dans la neige entre deux lacs si purs et si opaques.

La nuit tombait déjà. Sous le ciel clair, la route se détachait davantage, d'un gris presque phosphorescent entre les lacs et la forêt, soudain très sombres. Les mots depuis longtemps s'étaient évanouis ; l'espoir d'une lumière se glaçait en nous. Aux Tuileries, le bleu du soir appelait d'évidence les lampes ambrées de la taverne rue de Rivoli. Mais je découvrais là l'ampleur de la distance et du désir, cette souffrance et ce plaisir mêlés du mal d'attente. C'était sans doute ça aussi le Nord, ce long manteau de glace illuminant l'idée d'une maison, l'espoir d'une chaleur posée au plus loin de la plaine.

Il fallut donc aller au bout de la fatigue, sentir le froid nous engourdir... Et puis... Cette lumière infime à l'horizon, cette lumière qui grandit ; cette lumière de bougie à chaque pas plus orangée, plus chaude, et qui bleuit la neige ; la première maison du village de Sunnansjö, cette avant-garde de l'ailleurs, c'est le manoir. Une aile seule est éclairée, car ceux qui ont le choix ne passent pas l'hiver ici. Ici, c'est seulement pour les passagers du silence ou les guetteurs de désespoir, pour les buveurs de temps, les voyageurs du haut pays d'enfance.

— L'odeur, tu te souviens ?

Et Clément a dit oui, si douloureusement. Les premiers mots d'Hélène se devaient de mélanger la sensation, le souvenir. C'était tellement étrange de nous tenir tous les quatre, debout, entre l'énorme poêle et la table de la cuisine. Monsieur Delcourt et moi nous avons oublié de nous sentir gênés. Depuis...

Depuis nous sommes là. La maison suédoise ne ressemble guère à l'appartement de Monsieur Delcourt. Pourtant je le regarde, et je crois qu'il a bougé là depuis toujours. Il a, pour préparer le bois, pour allumer le poêle, une jubilation...

Moi, j'apprends le bonheur. J'ai vécu si longtemps dans une bulle. Un jour, j'en suis sorti, pour la douceur d'été dans les rues de

Paris. Mais ici... Je me sens à la fois dans ma bulle et dehors. Dehors, c'est cette chevelure imperceptiblement ébouriffée de givre jusqu'au bout le plus frêle des branches de bouleau ; chevelure cendrée, presque brumeuse, au bord du lac où je vais marcher seul, juste avant le lever du jour. Pas d'odeurs, pas de cris ; des traces d'animaux, comme un message délicat dont je ne comprends pas le sens, à peine la souffrance. À regarder le sol, un vertige me prend ; la neige vibre et semble m'appeler à m'allonger sur elle, à me laisser dormir dans le secret de sa lumière. Je relève les yeux. Les bords du lac dessinent une frontière si lointaine qu'on ne peut plus rêver d'ailleurs. Pourtant, je sais qu'en Dalarna tant d'autres lacs offrent la même transparence. C'est ça, dehors : cette boule de froid qui brûle la poitrine quand je pense à tous ceux qui viennent au bord d'un lac gelé rêver à se brûler les yeux du même paysage, sans savoir ce qu'ils cherchent. Ils ne se rencontreront pas. Ils reviendront dedans.

Dedans, c'est la maison de bois brun-rouge et la lueur tremblante des bougies.

Hélène me l'a dit ; en suédois, le même mot désigne la lumière et les bougies. Il y en a partout : chandeliers devant les fenêtres et sur les tables, bougies piquées aux murs dans des anneaux de fer. Clément en a rempli tous les placards, à la fin de l'automne. Il a repeint les boiseries, les tables, tous les meubles d'un rouge un peu corail, si chaud dans le halo vivant des chandeliers. De gros poêles en faïence arrondis au coin de chaque pièce montent jusqu'au plafond ; on peut ouvrir une petite fenêtre métallique et regarder flamber le feu de bois étroit et vif. Le haut des flammes demeure invisible, car ce n'est pas un feu pour faire joli, mais pour chauffer ; il n'en est que plus fort, et lèche la maison d'une caresse pacifiante. Chaque fenêtre découpe au loin le lac, la plaine blanche, ou bien en premier plan ce bouleau saisi dans le gel aux branches recourbées. Dedans n'oublie jamais dehors. Dedans ne vit que pour dehors. Tout le talent de la lumière chaude, des meubles de corail, est né du bleu, du froid, du gel rêvé au cadre des fenêtres. Dedans, c'est plein de rites, de gâteaux, d'alcool, de fêtes minuscules. J'apprends à vivre tout cela dans nos longues journées sans heure et sans écho. Je regarde le lac au loin, juste au-dessus d'un chandelier à sept branches allumé. Je m'habille sans hâte, pousse la porte de bois vert sombre. Je sors. Tout m'obéit.

J'appréhendais tant cette rencontre entre Hélène et Clément. Mais à quoi bon appréhender ? J'apprends peu à peu que le temps se refuse à bouger au rythme de nos peurs, de nos plages intérieures. Le théâtre est mouvant, et la scène attendue n'a pas vraiment eu lieu. Clément m'a paru plus blessé que surpris. Il préparait la fête et la maison d'hiver. Et le voilà qui semblait pris au piège, si rassuré de l'être, malgré lui. Il nous a regardés avec un hochement de tête prolongé, à la fois incrédule, heureux, et résigné. Avant de sombrer dans ses bras, Hélène a eu cette petite phrase-clé :

— L'odeur, tu te souviens ?

La réponse est venue beaucoup plus tard. Assis autour d'un vin chaud parfumé à la table de la cuisine, nous racontions notre voyage. Clément lentement s'est tourné vers Hélène.

— Oui, l'odeur. Nous ne savions pas la définir. C'était peut-être un peu le bois humidifié de la maison abandonnée l'hiver, un peu la cire, un peu la fumée des bougies enfouie dans la laine des lirettes, sur le sol. L'odeur n'a pas changé. Il y a ainsi quelques signes légers, comme pour prouver que nous n'avions pas rêvé. Mais dehors, il n'y a plus d'odeurs.

Et soudain, le regard dans le vide, avec un ton sourd de colère :

— Tout est infiniment plus haut et plus parfait, comme une grande page blanche qu'aucun mot n'atteindra jamais.

Ainsi a commencé la morsure des phrases, des griffures lancées au hasard des journées, dans un dialogue infiniment interrompu, recommencé, entre deux promenades et deux vins chauds, deux silences paisibles dans la lumière chaude du manoir. Étrange et lent balancement des jours : éblouissement du gel, quiétude à la maison, blessure à rouvrir sans cesse... D'une voix plus mesurée, plus sûre aussi, Hélène a dit trois jours plus tard au bord du lac :

— Ce n'est pas une page. C'est un alcool blanc. Tu sais, comme on dit mirabelle, poire William, et le fruit est bien là, dans la transparence liquide. Derrière l'invisible, il y a une saveur. Pour mol, tout l'hiver de Sunnansjö est comme ces alcools. Derrière la lumière, la blancheur, je sens que quelque chose brûle fort et va me revenir, et je dirai... Je crois que je dirai framboise, et ça ne sera plus seulement le goût banal d'un fruit que je pourrais retrouver. Il faut que ça soit fort comme un alcool, qui vous enivre et vous déchire...

— Voilà les buissons de framboises, interrompit Clément. La neige leur va bien, mais en hiver les framboisiers sont de la neige, et peu importe ce qui a été, ce qui sera... Garder les couleurs de l'hiver, boire l'hiver, être vraiment ensemble... Voilà mon rêve d'aujourd'hui.

Et comme nous restions en retrait, Monsieur Delcourt et moi, il nous fit approcher. Nos pas au bord du lac nous avaient conduits devant une étrange cabane. Juste à côté des framboisiers de neige, un ponton s'avançait au-dessus de la glace, menait à une maisonnette de bois blanc. Le Florentin poussa la porte. Nous avions cru à une construction pour les enfants ; c'était une piscine minuscule à ciel ouvert, un carré d'eau entouré d'une mince bordure de planchettes.

— Ici, l'eau est presque chaude en été. Le soleil se réfléchit sur les murs peints en blanc, et l'on peut se baigner, prendre le soleil. Les Suédois adorent ces maisons de bains. Après six mois de neige, ils ont un tel bonheur de retrouver la chaleur, le soleil...

— C'est drôle, intervint doucement Monsieur Delcourt. Il me semble que je pourrais vivre ici des semaines et des semaines sans rêver de soleil.

Clément le regarda longuement :

— Vous avez raison. Il ne faut rien désirer, simplement regarder. C'est vous qui me l'avez appris. Je ne désirerai plus rien que vous avoir tous les trois près de moi. Nous ferons de grandes fêtes, vous verrez. Bientôt, c'est la Sainte-Lucie. Noël viendra trop tôt. Nous ne serons jamais prêts !

Dans la maison de bains, les murs couverts de neige entouraient un petit carré de glace, et les baignades d'autrefois dormaient d'un rassurant sommeil, sous la couche d'oubli. Mais au retour, sur le ponton, Hélène, traversée par une image, a dit :

— Tu te souviens ?

Sans lui donner le temps d'aller plus loin, Clément, soudain brutal, l'a saisie par le bras, et détachant farouchement chaque syllabe :

— Je ne veux plus entendre ces trois mots !

C'était un geste de colère, comme je n'en aurai jamais. Je me souviens d'avoir été curieusement jaloux du Florentin, en cet instant. Je n'avais pas en moi assez d'amour, assez d'élan pour déborder ainsi. Une mélancolie de glace, un éclat-cristal de bonheur pouvaient me traverser; je ne connaissais pas la flamme.

Le geste de Clément fut une ligne de partage. Hélène cessa devant lui d'évoquer la moindre image, le moindre signe du passé. Difficile équilibre, car chaque pièce du manoir, chaque bouleau du parc recelait pour eux des trésors de vacances, et le reflet de leurs adolescences. La barque abandonnée de leurs fugues du soir dormait sous un mètre de neige, mais ils reconnaissaient sa silhouette, sous l'ample courbe de blancheur. C'était la gageure que Clément avait choisie : sur le sol du passé faire jouer une lumière si belle et si nouvelle que tout s'effacerait, sans fuite et sans remords.

Hélène jouait le jeu tant bien que mal. Elle n'écrivait plus, ne parlait plus de souvenir et de passé devant Clément. Mais l'alcool de l'enfance brûlait si fort en elle...

Depuis notre marche vers le manoir, Monsieur Delcourt avait su l'intriguer. Un jour où Clément nous avait quittés pour une longue marche solitaire, elle osa l'entreprendre sur le sujet qui la hantait. Monsieur Delcourt, assis sur le banc paillé près du poêle, avait posé sur ses genoux le tableau *Calot corsaire*; un sourire léger aux lèvres, au plus creux de la matinée. Il semblait embarqué dans un voyage sans rumeur, si facile, si lent.

— Pourquoi ce tableau vous fascine-t-il à ce point? l'interrogea Hélène en s'asseyant auprès de lui.

Secouant son rêve et la dévisageant dans la même douceur, la même brume, Monsieur Delcourt chercha les mots sans hâte :

— Eh bien, pour moi, c'est d'abord la

surprise d'une rencontre avec quelqu'un qui aimerait les billes autant que moi. Clément a dû vous dire... Chez moi, il y a des billes, dans des bocaux de verre et dans des corbeilles d'osier. Les fenêtres de la chambre s'y reflètent en un rectangle arrondi, adouci. Des billes américaines, d'un blanc fumé de porcelaine traversé de plages rousses et de plaines d'Irlande, comme une écharpe douce au-dessus du brouillard. Des billes-gouttes d'eau, d'une transparence trouble de bouteille verte. Des calots corsaires, comme celui-ci. Regardez : sous la mer bleu de lait doit dériver comme une lave tiède. Et cette longue plage blanc cassé. C'est une terre solitaire pour marcher le long de grèves inutiles.

Jamais Monsieur Delcourt n'avait parlé autant, n'avait parlé ainsi. Je découvrais cette fêlure et ce pouvoir en lui; s'il restait en deçà des mots, c'était par choix, et non par impuissance. Ce jour-là, pour Hélène, des mots avaient dû naître et lui venaient sans effort apparent. Mais Hélène avait pris un douloureux sourire.

— Oui, je vois avec vous la mer, la plage.

Mais ce tableau n'est pas une carte de rêve, ou de géographie. Celui qui l'a peint a voulu tenir dans ce globe parfait l'instant fragile d'un bonheur, d'une enfance. Les enfants jouent aux billes, et l'enfance s'en va. Celui qui a peint le tableau regardait des enfants. Clément et moi, nous avions découvert un petit trou par terre dans un coin de la cuisine, et nous jouions au pot. Nous disions qu'il ne faudrait jamais changer de maison ; ailleurs, il n'y aurait pas de trou dans la cuisine. Nous jouions pour gagner. Bien sûr, nous aimions bien les billes, mais leurs couleurs et leur dessin faisaient partie de notre vie ; nous ne les détachions pas. Derrière nous, quelqu'un nous regardait et prenait ses pinceaux pour arrêter le temps, apprivoiser sur le papier la sphère insaisissable de l'enfance. Dans ce tableau dort mon enfance ronde et la tendresse de celui qui la regardait s'écouler. Le peintre n'éprouvait qu'un bonheur de souffrance, et n'arrêtait rien pour lui-même. Pour moi, la bille n'existait que pour vivre, rouler. Aujourd'hui, je la regarde avec vous ; elle me fait mal, mais c'est un mal si fort qu'il fait du bien. Je ne veux rien oublier.

Hélène s'était levée, et regardait au loin la glace immobile du lac par la fenêtre. Tout ce qu'elle nous disait faisait revivre l'eau des jours, et le présent ne comptait plus. Sous l'écorce du temps, il y avait une maison, un jardin, le secret des allées pour s'enfoncer plus loin, vers un autre silence. Ses mots le disaient doucement, et la ferveur de son silence. Aujourd'hui n'était rien que pour se fondre, s'oublier, connaître le bonheur amer d'une tristesse partagée.

Monsieur Delcourt et moi, nous voulions le gel de l'hiver, des reflets, des miroirs, et rester là, éblouis, immobiles. Mais en ce matin de décembre, la glace nous paraissait grise et la lumière amenuisée. Hélène ouvrait des chemins d'eau. Chaque goutte de temps voulait suivre son cours. Monsieur Delcourt semblait fragile, traversé. Je me sentais si seul, moi qui n'avais pas de passé.

Dans son automne solitaire, Clément le Florentin nous avait préparé les rites légendaires des fêtes de décembre. Jour après jour, avant de quitter Sunnansjö, Madame Lündgren lui avait tout dit de la période de l'Avent, de la Sainte-Lucie, du Noël suédois. Il avait fait le reste, entassé dans tous les placards des trésors de fruits secs, d'étoffes et de papier à découper. Dès le début du mois, il avait installé sur la table du salon un long bougeoir de bois décoré de lichens pâles. Comme Monsieur Delcourt s'apprêtait à allumer les quatre longues bougies blanches, il l'avait arrêté — de semaine en semaine, il fallait seulement allumer une bougie supplémentaire ; la quatrième annoncerait l'approche de Noël.

Mais c'est le douze au soir que tout bascula dans la fête. Le lendemain, à la Sainte-Lucie, commencerait la magie de décembre. Clément voulait nous réunir dans les préparatifs, faire de la maison une ruche fébrile et chaude.

— La Sainte-Lucie, c'est la fête de la lumière. Le solstice d'hiver. La nuit sera très longue, très douce si nous sommes ensemble ; si nous tenons le temps au creux de nos lumières.

Ce fut un grand plaisir de se livrer à des travaux parfumés de cuisine. Les tensions douloureuses des jours précédents s'effacèrent. Après quelques balbutiements maladroits pour égaler Clément — sans doute devait-il sa dextérité à un entraînement automnal en tête à tête avec Madame Lündgren —, nous nous mîmes tous ensemble à confectionner les petits pains torsadés aux raisins et au safran, puis à préparer le vin chaud de la Sainte-Lucie. Dans les odeurs mêlées d'orange séchée, de girofle, de cannelle, de cardamome, tout devenait facile, et si léger. Sur la table de la cuisine, Clément nous apporta ensuite du bois et du tissu, du coton, de la laine. Les petites figurines de la

Sainte-Lucie naquirent bientôt de nos mains inexpertes. Avec un peu de mousse sèche, Monsieur Delcourt fit à Sainte-Lucie une minuscule couronne ; j'y collai de mon mieux des bougies de papier doré. Clément nous expliqua que le personnage essentiel devait être Tarnor, un petit ramoneur symbole du bonheur.

— Je vais lui tricoter un bonnet de laine rouge ! s'écria Hélène.

Moins d'un quart d'heure après, elle installa sur la tête de bois lisse et ronde une adorable coiffe de quelques centimètres de hauteur. Des rires, des parfums, des mots sans importance lancés seulement pour être bien. Quelle jolie bulle de présent blottie dans l'hiver bleu de Sunnansjö !

Le lendemain, dès cinq heures, Hélène, vêtue d'un drap blanc, une couronne de bougies allumées sur la tête, passa dans chaque pièce du manoir pour accomplir le rite de Sainte-Lucie. Son masque solennel fit bientôt place à un fou rire partagé. Pourtant, nous n'avions nulle envie de nous moquer de toutes ces coutumes. Quand j'y pense aujourd'hui, je crois que nos rires naissaient de la fragilité de ce plaisir qui nous rendait soudain complices. Nous avions peur d'après, déjà, et cette ombre faisait plus effervescente encore la lumière folle de décembre.

Jusqu'au soir de Noël, la vie fut ce pétillement. Cœurs de paille à tresser, oranges séchées à percer de clous de girofle, Étoile de Bethléem en papier décoré à découper, branches d'airelles, de sapin, de buis, de houx à entrecroiser sur les murs. Le rouge et blanc des nappes et des rubans, l'éclat des chandeliers, les yeux brillants d'Hélène et de Clément firent du soir tant attendu un rayon lumineux ; j'en garde le sillage. Après les boules de Noël à la noix de coco râpée, les cœurs en pâte d'amande, nous bûmes à minuit l'aquavit ; douce brûlure, alcool très fort de cet instant, et déjà transparence.

Que nous restera-t-il de tout cela, passé minuit ? Nous savons bien : les jours imperceptiblement vont rallonger, et l'hiver immobile semble menacé. Bien sûr, la glace est là pour de longs mois encore... Mais Clément, tout à coup, en reposant son verre d'aquavit, a changé de visage. Le silence étouffé depuis ces deux semaines de joie claire remonte lentement. La fête n'était rien que ce pays d'avant, dans la magie de préparer, d'attendre. Tout va commencer de finir. Nous n'avions rien apprivoisé.

Noël effacé sous la neige, l'éclat de ce moment d'ensemble dissipé, Clément se détacha de nous et de lui-même, sans recours. La présence d'Hélène lui devenait insupportable, et la contrainte même qu'elle s'imposait pour ne plus parler du passé. Monsieur Delcourt avait perdu la sagesse tranquille de ses contemplations. Au lieu de s'abîmer dans une boule de verre, un kaléidoscope, il restait à présent de longs moments, les yeux perdus, comme s'il regardait en lui-même. Hélène passait devant lui ; il bredouillait alors des paroles sans suite, en rougissant, puis se lançait dans une vague et inutile tâche domestique. Moi-même, je ne pouvais plus rien pour Clément. Nous avions partagé le Palais-Royal, et j'avais alors un pouvoir. Nous ne partagions plus l'hiver de Sunnansjö. Monsieur Delcourt avait quitté sans bruit notre planète. Clément partait pour de longues promenades solitaires, à la recherche d'un ailleurs qui n'était pas le mien. Quant à Hélène...

Je sentais près d'elle un trouble douloureux. Au bout de tous les rêves et de tous les chemins, dans le secret de chaque bille et de chaque reflet, elle avait dessiné le mot pour moi le plus cruel. *Enfance.* Je n'avais pas en moi ce royaume perdu. Mais je savais tout le mal qu'il faisait au Florentin. Je voyais Monsieur Delcourt traversé par cette lumière aveuglante, après tant de patience pour engourdir le temps. Moi-même, sans passé, je sentais comme une blessure l'absence de ce lien pour m'attacher aux saisons de la terre, pour m'empêcher de tout sentir plus grand, plus fort.

À la fin de janvier, lorsque Clément nous laissait seuls, Hélène près du poêle a recommencé à écrire.

Clément a disparu. Au début de l'après-midi, il est parti, un paquet sous le bras — aucun de nous n'a osé demander pourquoi. Hélène a écrit de longues heures, à la lumière des bougies. Monsieur Delcourt et moi sommes sortis faire quelques pas au bord du lac, mais le vent glacial nous a fait rebrousser chemin, juste après la maison de bains. Puis le soleil est descendu très vite. L'inquiétude à peine installée s'est changée en angoisse, en certitude. Il fait moins trente dès la nuit tombée, et le vent du nord souffle, balaie la neige, ensevelit le moindre obstacle sous d'insondables congères. Pourquoi Clément a-t-il choisi l'autre côté ? Hier soir, bien sûr, Hélène n'a pas su dissimuler à temps son manuscrit, lorsqu'il est revenu dans le manoir, et leurs regards se sont croisés. Mais bien avant hier son silence savait déjà, et nos regards n'y pouvaient rien.

La tempête a fait rage, au début de la nuit, coupant le manoir du village. D'ailleurs cela n'aurait rien pu changer. Il a fallu rester tous les trois près du poêle, attendre à s'en briser le cœur. Puis, vers cinq heures du matin, le vent a faibli peu à peu. Nous avons pu sortir, une torche à la main. Chacun a pris sa piste. Hélène s'est enfoncée dans la forêt, à la recherche d'une ancienne cabane qu'ils avaient construite. Monsieur Delcourt a suivi la lisière.

J'avance sur le lac, tombant sans cesse sur la glace, repartant. Marche désespérée de lenteur, de maladresse. Un immense poids me tire par le cœur et m'englue sur le sol gris sourd. Je sais que j'ai raison, pourtant. Cela dure depuis des heures, il est beaucoup trop tard ; depuis longtemps j'ai dépassé la petite île, le jour va se lever. La glace inégale vibre d'une intensité nouvelle. Là-bas, la rive opposée au manoir est noire, et si lointaine encore. Tout semble calme, après le vent fou de la nuit. Une force surnaturelle me fait tenir debout, la fièvre lancinante cogne. Je crois entendre peu à peu monter une musique grave et lente, une musique de Wagner née du silence et qui me suit de loin, depuis le Sacré-Cœur...

Il est là, allongé sur la glace, les jambes en bottes de cuir souple repliées dans une dernière élégance. Pour ce spectacle au bord du vide, il a repris sa cape immense, et dort dans l'éclat rouge du velours sur le sol dur. Ses bras abandonnés dans l'ampleur d'un geste parfait prolongent en mèches d'oripeaux la pantomime de la mort. Prince grenat, nonchalamment offert au gris du Nord, dans son manteau de faste et de silence. Je le regarde, et le temps fait si mal. Bien audelà du froid, des mots, des gestes et de l'attente, Clément le Florentin a touché le secret. Les orbites creusées du masque bleu se sont remplies de neige.

Une neige un peu molle tombe sur le Palais-Royal ; neige fondue qui fait danser le bal de fin d'hiver, puis s'évanouit, à peine posée sur le sol. C'est Carnaval ; des masques glissent, des costumes vénitiens. Pierrots blafards drapés dans des soieries turquoise, safran, Véronèse ; bouffons aux coiffes immenses — cornes démesurées qui semblent autant de corolles de fleurs autour du blanc des masques. Ils sont venus un à un, d'abord timides, en oiseaux tristes dans le jardin mort. Voilés de gaze ils ont tracé des vols d'approche, à pas cérémonieux. Puis, peu à peu, des rires ont résonné sous les arcades, des courses folles ont commencé. Certains ont relevé leur masque sur le front pour courir autour du bassin, happant la neige, buvant la neige d'eau avant qu'elle ne s'efface au pied des arbres noirs. L'excitation semble factice, les gestes saccadés. C'est comme un mauvais rêve : costumes maculés de boue, masques lugubres sous l'écorce du rire ; le carnaval de l'hiver sale s'étourdit de mensonge, et fête aussi le désespoir.

Monsieur Delcourt et moi nous marchons lentement, galerie d'Orléans. Le magasin de pipes est toujours là, et les fantassins du Béarn attendent sagement qu'on les passe en couleurs. Mais à quoi bon cette illusion de permanence ? Il n'y a plus rien de ce bonheur-mélancolie qui nous gonflait le cœur, à la fin de l'été. Depuis un mois, Clément dort sous un carré d'herbe à Chêneval, au bord de l'Oise. Hélène l'a couché dans la terre de la mémoire et nous l'avons suivie, dans une maladroite et bien silencieuse cérémonie. Quand elle aura fini son livre... Mais finit-on jamais le livre de l'enfance ?

Des enfants passent et nous lancent des confettis, des serpentins. Une fête nerveuse s'exaspère avec la fin du jour. Nous avons voulu franchir la paroi ; au fond de cette boule en verre, la neige est tiède et le décor soudain si fade. À pas feutrés, nous allons quitter les arcades, les jardins, ensemble le cœur lourd pour la dernière fois.

Monsieur Delcourt, buveur de temps, mon frère de regard, le temps n'est pas à boire, et j'ai quitté le monde où vous m'avez conduit. Docile, vous avez repris le trajet du bureau, le chemin de vos jours, l'écoulement gris du passage. Les billes vous font mal, vous détournez les yeux ; les boules en verre ne vous parlent plus ; dans les avenues rectilignes vous marchez plus vite. Il faut se sentir occupé, sérieux, pressé — ainsi sur terre le chagrin passe et s'efface un peu. Un jour, aux vitrines des librairies, vous verrez le livre d'Hélène, et ce sera le dernier octascope...

En reprenant le cours du temps, vous m'avez laissé seul, et j'ai souffert comme à l'envers de vous du temps qui me manquait pour être malheureux de notre belle histoire.

Pour approcher les saisons, les couleurs, pour jouer dans le spectacle, il faut la mort, et l'alcool de l'enfance, alors je suis parti.

La transparence est un refuge ; je ne franchirai plus la paroi. Immobile sur ma planète, j'ai gardé quelques miettes de temps pur comme une poussière d'étoiles : ce soir de juillet sur les quais, le bassin des voiliers, un Noël suédois. Merci pour le froid et le chaud, pour la douleur aussi de certains mots qui me poursuivent : saison, voyage, ailleurs, ami... Merci pour le mal et le bien de vous sentir si loin... Et tant pis si parfois je donnerais l'éternité pour un Petit salé-lentilles chez Chartier.

Oui, c'est moi dans la bulle, à la surface du papier glacé. Il est déjà si tard dans le premier matin du monde. Surtout, n'allez rien déranger. Votre main passe sur le livre, et va le refermer.

DU MÊME AUTEUR

Aux Éditions Gallimard

LA PREMIÈRE GORGÉE DE BIÈRE ET AUTRES PLAISIRS MINUSCULES (prix Grandgousier 1997), (collection L'Arpenteur).

LA SIESTE ASSASSINÉE (collection L'Arpenteur).

Gallimard Jeunesse

ELLE S'APPELAIT MARINE (Folio junior n° 901). Illustrations in-texte par Martine Delerm. Couverture illustrée par Georges Lemoine.

EN PLEINE LUCARNE (Folio junior n° 1215). Illustrations de Jean-Claude Götting.

Aux Éditions du Mercure de France

IL AVAIT PLU TOUT LE DIMANCHE (Folio n° 3309).

MONSIEUR SPITZWEG S'ÉCHAPPE (Le Petit Mercure).

Aux Éditions du Rocher

ENREGISTREMENTS PIRATES.

LA CINQUIÈME SAISON (Folio n° 3826).

UN ÉTÉ POUR MÉMOIRE.

LE BONHEUR. TABLEAUX ET BAVARDAGES.

LE BUVEUR DE TEMPS (Folio n° 4073).

LE MIROIR DE MA MÈRE (en collaboration avec Marthe Delerm).

AUTUMN (prix Alain-Fournier 1990), (Folio n° 3166).

LES AMOUREUX DE L'HÔTEL DE VILLE (Folio n° 3976).

MISTER MOUSE OU LA MÉTAPHYSIQUE DU TERRIER (Folio n° 3470).

L'ENVOL.

SUNDBORN OU LES JOURS DE LUMIÈRE (prix des Libraires 1997 et prix national des Bibliothécaires 1997), (Folio nº 3041).

PANIER DE FRUITS.

LE PORTIQUE (Folio nº 3761).

Aux Éditions Milan

C'EST BIEN.

C'EST TOUJOURS BIEN.

Aux Éditions Stock

LES CHEMINS NOUS INVENTENT.

Aux Éditions Champ Vallon

ROUEN (Collection «Des villes»).

Aux Éditions Flohic

INTÉRIEUR (collection «Musées secrets»).

Aux Éditions Magnard Jeunesse

SORTILÈGE AU MUSÉUM.

LA MALÉDICTION DES RUINES.

LES GLACES DU CHIMBAROZO.

Aux Éditions Fayard

PARIS L'INSTANT.

Aux Éditions du Seuil

FRAGILE. Aquarelles de Martine Delerm.

COLLECTION FOLIO

Dernières parutions

3883.	Gilbert Sinoué	*À mon fils à l'aube du troisième millénaire.*
3884.	Hitonari Tsuji	*La lumière du détroit.*
3885.	Maupassant	*Le Père Milon.*
3886.	Alexandre Jardin	*Mademoiselle Liberté.*
3887.	Daniel Prévost	*Coco belles-nattes.*
3888.	François Bott	*Radiguet. L'enfant avec une canne.*
3889.	Voltaire	*Candide ou l'Optimisme.*
3890.	Robert L. Stevenson	*L'Étrange Cas du docteur Jekyll et de M. Hyde.*
3891.	Daniel Boulanger	*Talbard.*
3892.	Carlos Fuentes	*Les années avec Laura Díaz.*
3894.	André Dhôtel	*Idylles.*
3895.	André Dhôtel	*L'azur.*
3896.	Ponfilly	*Scoops.*
3897.	Tchinguiz Aïtmatov	*Djamilia.*
3898.	Julian Barnes	*Dix ans après.*
3900.	Catherine Cusset	*À vous.*
3901.	Benoît Duteurtre	*Le voyage en France.*
3902.	Annie Ernaux	*L'occupation.*
3903.	Romain Gary	*Pour Sgnanarelle.*
3904.	Jack Kerouac	*Vraie blonde, et autres.*
3905.	Richard Millet	*La voix d'alto.*
3906.	Jean-Christophe Rufin	*Rouge Brésil.*
3907.	Lian Hearn	*Le silence du rossignol.*
3908.	Alice Kaplan	*Intelligence avec l'ennemi.*
3909.	Ahmed Abodehman	*La ceinture.*
3910.	Jules Barbey d'Aurevilly	*Les diaboliques.*
3911.	George Sand	*Lélia.*
3912.	Amélie de Bourbon Parme	*Le sacre de Louis XVII.*
3913.	Erri de Luca	*Montedidio.*
3914.	Chloé Delaume	*Le cri du sablier.*

3915. Chloé Delaume	*Les mouflettes d'Atropos.*
3916. Michel Déon	*Taisez-vous... J'entends venir un ange.*
3917. Pierre Guyotat	*Vivre.*
3918. Paula Jacques	*Gilda Stambouli souffre et se plaint.*
3919. Jacques Rivière	*Une amitié d'autrefois.*
3920. Patrick McGrath	*Martha Peake.*
3921. Ludmila Oulitskaïa	*Un si bel amour.*
3922. J.-B. Pontalis	*En marge des jours.*
3923. Denis Tillinac	*En désespoir de causes.*
3924. Jerome Charyn	*Rue du Petit-Ange.*
3925. Stendhal	*La Chartreuse de Parme.*
3926. Raymond Chandler	*Un mordu.*
3927. Collectif	*Des mots à la bouche.*
3928. Carlos Fuentes	*Apollon et les putains.*
3929. Henry Miller	*Plongée dans la vie nocturne.*
3930. Vladimir Nabokov	*La Vénitienne* précédé d'*Un coup d'aile.*
3931. Ryûnosuke Akutagawa	*Rashômon* et autres contes.
3932. Jean-Paul Sartre	*L'enfance d'un chef.*
3933. Sénèque	*De la constance du sage.*
3934. Robert Louis Stevenson	*Le club du suicide.*
3935. Edith Wharton	*Les lettres.*
3936. Joe Haldeman	*Les deux morts de John Speidel.*
3937. Roger Martin du Gard	*Les Thibault I.*
3938. Roger Martin du Gard	*Les Thibault II.*
3939. François Armanet	*La bande du drugstore.*
3940. Roger Martin du Gard	*Les Thibault III.*
3941. Pierre Assouline	*Le fleuve Combelle.*
3942. Patrick Chamoiseau	*Biblique des derniers gestes.*
3943. Tracy Chevalier	*Le récital des anges.*
3944. Jeanne Cressanges	*Les ailes d'Isis.*
3945. Alain Finkielkraut	*L'imparfait du présent.*
3946. Alona Kimhi	*Suzanne la pleureuse.*
3947. Dominique Rolin	*Le futur immédiat.*
3948. Philip Roth	*J'ai épousé un communiste.*
3949. Juan Rulfo	*Le Llano en flammes.*
3950. Martin Winckler	*Légendes.*
3951. Fédor Dostoïevski	*Humiliés et offensés.*
3952. Alexandre Dumas	*Le Capitaine Pamphile.*

3953. André Dhôtel	*La tribu Bécaille.*
3954. André Dhôtel	*L'honorable Monsieur Jacques.*
3955. Diane de Margerie	*Dans la spirale.*
3956. Serge Doubrovski	*Le livre brisé.*
3957. La Bible	*Genèse.*
3958. La Bible	*Exode.*
3959. La Bible	*Lévitique-Nombres.*
3960. La Bible	*Samuel.*
3961. Anonyme	*Le poisson de jade.*
3962. Mikhaïl Boulgakov	*Endiablade.*
3963. Alejo Carpentier	*Les Élus et autres nouvelles.*
3964. Collectif	*Un ange passe.*
3965. Roland Dubillard	*Confessions d'un fumeur de tabac français.*
3966. Thierry Jonquet	*La leçon de management.*
3967. Suzan Minot	*Une vie passionnante.*
3968. Dann Simmons	*Les Fosses d'Iverson.*
3969. Junichirô Tanizaki	*Le coupeur de roseaux.*
3970. Richard Wright	*L'homme qui vivait sous terre.*
3971. Vassilis Alexakis	*Les mots étrangers.*
3972. Antoine Audouard	*Une maison au bord du monde.*
3973. Michel Braudeau	*L'interprétation des singes.*
3974. Larry Brown	*Dur comme l'amour.*
3975. Jonathan Coe	*Une touche d'amour.*
3976. Philippe Delerm	*Les amoureux de l'Hôtel de Ville.*
3977. Hans Fallada	*Seul dans Berlin.*
3978. Franz-Olivier Giesbert	*Mort d'un berger.*
3979. Jens Christian Grøndahl	*Bruits du cœur.*
3980. Ludovic Roubaudi	*Les Baltringues.*
3981. Anne Wiazemski	*Sept garçons.*
3982. Michel Quint	*Effroyables jardins.*
3983. Joseph Conrad	*Victoire.*
3984. Emile Ajar	*Pseudo.*
3985. Olivier Bleys	*Le fantôme de la Tour Eiffel.*
3986. Alejo Carpentier	*La danse sacrale.*
3987. Milan Dargent	*Soupe à la tête de bouc.*
3988. André Dhôtel	*Le train du matin.*
3989. André Dhôtel	*Des trottoirs et des fleurs.*
3990. Philippe Labro/ Olivier Barrot	*Lettres d'Amérique. Un voyage en littérature.*

3991.	Pierre Péju	*La petite Chartreuse.*
3992.	Pascal Quignard	*Albucius.*
3993.	Dan Simmons	*Les larmes d'Icare.*
3994.	Michel Tournier	*Journal extime.*
3995.	Zoé Valdés	*Miracle à Miami.*
3996.	Bossuet	*Oraisons funèbres.*
3997.	Anonyme	*Jin Ping Mei I.*
3998.	Anonyme	*Jin Ping Mei II.*
3999.	Pierre Assouline	*Grâces lui soient rendues.*
4000.	Philippe Roth	*La tache.*
4001.	Frederick Busch	*L'inspecteur de nuit.*
4002.	Christophe Dufossé	*L'heure de la sortie.*
4003.	William Faulkner	*Le domaine.*
4004.	Sylvie Germain	*La Chanson des mal-aimants.*
4005.	Joanne Harris	*Les cinq quartiers de l'orange.*
4006.	Leslie kaplan	*Les Amants de Marie.*
4007.	Thierry Metz	*Le journal d'un manœuvre.*
4008.	Dominique Rolin	*Plaisirs.*
4009.	Jean-Marie Rouart	*Nous ne savons pas aimer.*
4010.	Samuel Butler	*Ainsi va toute chair.*
4011.	George Sand	*La petite Fadette.*
4012.	Jorge Amado	*Le Pays du Carnaval.*
4013.	Alessandro Baricco	*L'âme d'Hegel et les vaches du Wisconsin.*
4014.	La Bible	*Livre d'Isaïe.*
4015.	La Bible	*Paroles de Jérémie-Lamentations.*
4016.	La Bible	*Livre de Job.*
4017.	La Bible	*Livre d'Ezéchiel.*
4018.	Frank Conroy	*Corps et âme.*
4019.	Marc Dugain	*Heureux comme Dieu en France.*
4020.	Marie Ferranti	*La Princesse de Mantoue.*
4021.	Mario Vargas Llosa	*La fête au Bouc.*
4022.	Mario Vargas Llosa	*Histoire de Mayta.*
4023.	Daniel Evan Weiss	*Les cafards n'ont pas de roi.*
4024.	Elsa Morante	*La Storia.*
4025.	Emmanuèle Bernheim	*Stallone.*
4026.	Françoise Chandernagor	*La chambre.*
4027.	Philippe Djian	*Ça, c'est un baiser.*
4028.	Jérôme Garcin	*Théâtre intime.*

4029. Valentine Goby	*La note sensible.*
4030. Pierre Magnan	*L'enfant qui tuait le temps.*
4031. Amos Oz	*Les deux morts de ma grand-mère.*
4032. Amos Oz	*Une panthère dans la cave.*
4033. Gisèle Pineau	*Chair Piment.*
4034. Zeruya Shalev	*Mari et femme.*
4035. Jules Verne	*La Chasse au météore.*
4036. Jules Verne	*Le Phare du bout du Monde.*
4037. Gérard de Cortanze	*Jorge Semprun.*
4038. Léon Tolstoi	*Hadji Mourat.*
4039. Isaac Asimov	*Mortelle est la nuit.*
4040. Collectif	*Au bonheur de lire.*
4041. Roald Dahl	*Gelée royale.*
4042. Denis Diderot	*Lettre sur les Aveugles.*
4043. Yukio Mishima	*Martyre.*
4044. Elsa Morante	*Donna Amalia.*
4045. Ludmila Oulitskaia	*La maison de Lialia.*
4046. Rabindranath Tagore	*La petite mariée.*
4047. Ivan Tourgueniev	*Clara Militch.*
4048. H.G. Wells	*Un rêve d'Armageddon.*
4049. Michka Assayas	*Exhibition.*
4050. Richard Bausch	*La saison des ténèbres.*
4051. Saul Bellow	*Ravelstein.*
4052. Jerome Charyn	*L'homme qui rajeunissait.*
4053. Catherine Cusset	*Confession d'une radine.*
4055. Thierry Jonquet	*La Vigie* (à paraître).
4056. Erika Krouse	*Passe me voir un de ces jours.*
4057. Philippe Le Guillou	*Les marées du Faou.*
4058. Frances Mayes	*Swan.*
4059. Joyce Carol Oates	*Nulle et Grande Gueule.*
4060. Edgar Allan Poe	*Histoires extraordinaires.*
4061. George Sand	*Lettres d'une vie.*
4062. Beigbeder	*99 francs.*
4063. Balzac	*Les Chouans.*
4064. Bernardin de St Pierre	*Paul et Virginie.*
4065. Raphaël Confiant	*Nuée ardente.*
4066. Florence Delay	*Dit Nerval.*
4067. Jean Rolin	*La clôture.*
4068. Philippe Claudel	*Les petites mécaniques.*

Composition Bussière
et impression Bussière Camedan Imprimeries
à Saint-Amand (Cher), le 20 août 2004.
Dépôt légal : août 2004.
Numéro d'imprimeur : 42564-042744/1.

ISBN 2-07-030226-1./Imprimé en France.

124489